小学館文庫

ぷくぷく

森沢明夫

小学館

ぷくぷく

目次

装画　大久保つぐみ
装丁　岡本歌織
(next door design)

一章

ボクは、誰？

アナタダケニ――ユキ

昼間は人通りの少ない住宅街の細い路地。

その行き止まりに建つアパートの二階の出窓から、ボクは今日もひとりぼっちで外を眺めていた。

真冬の空は、朝からずっと淡い灰色に濁っていて、夕暮れどきのいまも風景は単調なモノクロームだ。

路地に沿って肩を寄せ合う一軒家の屋根たちも、かさかさに乾いて色彩を失い、どこか退屈そうに見える。

そんななか、路地に面したブロック塀の上を、一匹の黒猫がこちらに向かって歩いてきた。

ピンと立てた長い尻尾。

悠々として、迷いのない足取り。

この辺りを縄張りにしている毛並みの美しい黒猫だ。

ふいに、その黒猫が立ち止まった。

黒猫は空の匂いでも嗅ぐように、すっと視線を上げ、そして、しばらくの間、灰色の冬空を見上げていた。

空に、何かあるの？

気になってボクも出窓のガラス越しに空を見上げてみた。

でも、空はやっぱり何の変哲もないモノクロの広がりで、とくに何も見えやしなかった。

ただの寒々しい灰色の広がりじゃないか。

ボクがそう思ったとき、黒猫がおもむろに視線を下ろして、こちらを見た。

なぁに？

ボクも見詰め返す。
黒猫のよく光る黄色い目は、ボクに「何か」を伝えようとしていた。
そして、次の刹那《せつな》——。
ボクは心のなかで「あっ」と声を上げた。
黒猫の言わんとしていたことが分かったのだ。

ひらり。
ひらり。

冬空から白い綿のようなモノが落ちてきた。
牡丹雪《ぼたんゆき》。
塀の上の黒猫は、まだ、じっとこちらを見ていた。
うん。気づいたよ。
雪だね——。

灰色の空で生まれた純白。

雪のかけらはみるみるその数を増やしていき、乾いたアスファルトに落ちて、てんてんと黒いシミを作っていく。

雪は白いのに、アスファルトと触れ合うことで正反対の黒を生み出す。

ボクはガラス越しに何度も空を見上げ、そして地面を見下ろした。

やがて、ひとひらの純白が、黒猫の背中にそっと舞い降りた。

そのひとひらは、純白のまま在り続けた。

しかし、黒猫はボクから視線を外すと、ぶるると身体《からだ》を揺すって、背中の雪を落としてしまった。そして、艶めくしなやかな身体をひるがえし、塀の向こう側へと消えていった。

ボクは、

また、

ひとりぼっちになった。

朝から代わり映えしない風景のなかで、雪だけが音もなく舞っている。

弱い風に揺られながら、ひたすら、上から、下へ。

そして、白から黒へ。


しばらくすると、アスファルトは黒一色で塗りつぶされていた。

牡丹雪のひとひらはいっそう大きくなり、どこか不自然なくらいにゆっくりと空から落ちてくる。

するとなぜだろう、時間までもがゆっくり流れはじめた気がした。

ボクは、彼女を想《おも》う。


イズミ。


彼女は傘を持っているだろうか?

今朝、ボクが、この出窓からイズミを見送ったとき、空はまだ薄ぼけたような水色をしていた。そしてイズミはその空とよく似た色のコートを着て職場へと向かったのだ。

夕方から雪が降るなんて、思いもしなかったのではないか？

なんとなく、そんな気がする。

イズミに触れた雪は、何色に変わるのだろう？

赤だったらいいな、とボクは思う。

奇跡でもなければ有り得ないけれど。

さっきまで黒で埋め尽くされていたアスファルトが、いつの間にか白で覆われていた。

うっすらと雪が積もったのだ。

こつこつと降り続けた白の勝利。

家々の屋根も、黒猫のお気に入りの散歩道であるブロック塀の上も、白一色で統一されている。

それは、ボクが生まれてはじめて目にする積雪だった。

なぜだろう、雪が降るほどに、世界から音が消されていくような気がした。

静かに、より静かに、地上が白くなっていく。

世界がいっそう静かになると、白くなった地上とは逆に、空が深い黒に塗り替えられていった。それは、あの黒猫のような艶っぽい黒ではなくて、どこかがらんどうで、つかみどころのないような虚空の黒だった。

出窓の外の世界は、夜に覆われはじめていたのだ。

黒い空から吐き出される純白の雪片たち。

ふわり。

ふわり。

白い鳥の羽根のように舞い降りてくる牡丹雪は、街灯の明かりを浴びて銀色にきらめいた。でも、その輝きはほんの一瞬のことで、地面に落ちたとたんに他の白い雪たちと同化してしまう。

雪だって、ずっときらめいていたいだろうに――。

ボクは、ぼんやりとそんなことを考えていた。

〇〇〇

いつもの待ち焦がれた時刻になると、路地の突き当たりに人影が現れた。

ボクはガラスに顔を押し付けるようにして、その人影をじっと見詰めた。

雪のなか、両手で持った傘が彼女の顔を隠していた。それでも、ボクには分かった。

あれは、イズミだ。

そして、分かったとたんに、ボクの身体は勝手に踊り出してしまうのだった。

イズミは紺色の傘をさしていた。

それはボクが見たことのない、ずいぶんと大きな傘だった。

その大きな傘が、路地の突き当たりにある小さなコーヒースタンドの前で止まった。

傘に隠れて上半身が見えないけれど、イズミはいつものように店の窓越しに持ち帰り用のコーヒーを買っているのだ。そして、帰宅するやいなや、ひとりこたつでコーヒーを飲みながら深いため息をつく。こうしてイズミの一日は、オンからオフへと切り替わる。

ボクの想像どおり、右手で紺色の大きな傘をさし、左手にいつもの紙のコーヒーカップを握ったイズミが、真っ白になった細い路地を歩いてきた。そのイズミを、コーヒースタンドの若い男性店員が小さな窓のなかから見送っている。

やがてアパートの真下までくると、イズミはいったんボクのいる二階の出窓から見えなくなった。

それから少しして、いつものようにカチャカチャと玄関の鍵を開ける音が聞こえてくる。

ドアが開き、部屋の照明のスイッチが押される。

ボクのいる世界がパッと青白い光に満ちて――。

「ただいま、ユキちゃん」

イズミのやわらかな声が、まるい水のなかにまで沁《し》みてくる。

ひとりぼっちで凍りかけていたボクの心が、すうっと溶けていく瞬間――。

ボクはイズミに向かって必死に泳いだ。

でも、どれほど近づこうとしても、冷たい曲面のガラスがボクの顔を無慈悲な力で押し返してくる。

イズミはコーヒーをこたつの上に置くと、黒っぽいスーツからゆったりとした部屋着に着替えてコンタクトを外し、鼈甲《べっこう》柄の眼鏡をかけた。そして、出窓へと近づいてきた。

「ユキちゃん、お腹《なか》すいてるかな？」

金魚鉢に顔を近づけて、イズミがボクを覗《のぞ》き込む。

ボクは、ひたすら胸びれを振り、口をぱくぱくさせた。

するとイズミは、いつもの缶を手に取って蓋を開け、ひとつまみの「餌」を撒《ま》いてくれた。

水面に浮かんだ、いくつもの茶色い粒。

ボクはそれをひとつずつ吸い込むようにして食べながら、間近で微笑《ほほえ》んでいるイズミの顔を見つめ返す。

「今日ね――」ボクに話しはじめたイズミは、眼鏡の奥の目をいっそう細めた。

「ちょっといいことがあったんだぁ」

えっ、何があったの？

ボクは餌を食べながら心で問いかける。

「今度、ご飯を食べに行こうって誘われちゃった」

しゃべりながら、まるでうぶな少女みたいに照れ笑いをしているイズミの顔が、ボクのすぐそばにある。

こんなに近づいてくれるのは珍しいから、ボクの尾びれは勝手に踊り続けてしまうのだけれど、でも、イズミの視線は、ボクの身体を通り越して、遠くの誰かに向けられている気がした。

いったん食事を中断して、ボクはイズミの顔にまっすぐ向き合った。

イズミは、いま、誰を想っているの？

その目は、遠くを見ているの？

紺色の大きな傘は、誰のモノ？

ボクの心の問いかけは伝わらない。

いつだって、そうだ。

イズミは、折っていた腰を伸ばすと「さてと、コーヒー飲もうかな」とつぶやいて、こちらに背を向けた。

いつもより少しだけ凜《りん》として見える背中を見詰めながら、ボクは小さなため息をこぼした。

ぷく……。

そして、ちょっぴりふやけた残りの餌を食べはじめた。

ナントナク――ユキ

翌朝――。

雪はやみ、天気は回復した。

いつもと同じ時刻に目覚まし時計のアラームが鳴って、イズミは布団から這《は》い出した。そして、ボクのいる出窓のカーテンをさっと開けた。

ボクは身体を反転させて、窓に尾びれを向けた。

真冬の空の透明なブルーが、あまりにもまぶしかったから。

窓から雪崩《なだ》れ込むレモン色の朝日を浴びたイズミが、大きく伸びをする。

寝起きだというのに、どこか表情が晴れやかに見えた。

昨夜はよく眠れたのかも知れない。

イズミはテレビをつけた。そして、いつものニュース番組にチャンネルを合わせ、いつものようにヨーグルトとバナナの朝食を摂《と》った。いつもと違うのは、鏡の前にいる時間が長かったことだ。

丁寧に化粧をして、ヘアアイロンをずいぶんと念入りにかけ、ピアス選びで悩んだ。でも、鏡に映っていたその表情は悩んでいるというよりも、むしろ愉《たの》しんでいるような軽やかさで、鼻歌でも唄い出しそうだった。

出勤の準備が整うと、イズミはボクの餌をひとつまみ、ぱらりと水面に撒いてくれた。

「じゃ、ユキちゃん、いってくるね」

いつもと同じ台詞《せりふ》。

でも、いつもより少しだけ高い声のトーン。

イズミはくるりとこちらに背を向けた。

いってらっしゃい。

気をつけてね。

早く帰ってきてね。

声を出せないボクは、その華奢《きゃしゃ》な背中に向けて「心」を投げかけた。

イズミが部屋から出ていく。

外から施錠する小さな音が聞こえた。

ボクは、いつものように身体の向きを変え、出窓のガラス側へと向き直った。

すっきりとした水色の空――。

路地を見下ろすと、溶け切らなかった昨夜の雪が残っていた。

突き当たりのコーヒースタンドはまだ開店前で、入り口のシャッターは半分降りたままだった。でも、店の前には、いつもの茶色いキャップをかぶった若い店員の姿があった。店員は、店の前の残雪をスコップで除《よ》ける作業にいそしんでいたのだ。

とんとんとん……、アパートの階段を降りる足音がして、イズミが眼下の路地を歩き出した。

透明できらきらした朝日が、イズミの背中を明るく照らす。

残雪の上を一歩一歩たしかめるように歩いていくイズミ。

右手には、あの大きな紺色の傘――。

きっと、昨日、貸してくれた人に返すのだろう。

路地の突き当たりまで歩いていくと、待ち構えていたようにコーヒースタンドの店員が帽子を取り、ペコリと頭を下げて常連のイズミに挨拶をした。そして、ひとこと、ふたこと、短い言葉をイズミにかけた（ように見えた）。

イズミも小さく会釈を返して、そのまま店の前を左に折れる。

茶色いキャップの店員は、それから少しのあいだ、イズミの背中を見送るように突っ立っていたけれど、やがて、スコップを手にしたまま店内へと入ろうとして――。

あ……。

盛大に尻餅をついた。

凍った雪で足を滑らせたらしい。

恥ずかしそうに周囲をきょろきょろと見渡す店員のすぐ脇を、スーツ姿の若い女性と、白髪のおじさんが足早に通り過ぎていく。店員は、ちょっと慌てたように立ち上がると、照れ笑いをしながらお尻を手で払い、そのまいそいそと逃げるように店内へと入っていった。

そして、今日もはじまった。

とても、とても、退屈な一日が。

○　○　○

雪のなか、紺色の大きな傘をさして帰ってきたあの日から、イズミは変わった。

ほんの少しだけ、違うイズミになったのだ。

たとえば、ボクを眺めてくれる時間が短くなって、そのぶんスマートフォンを手にしている時間が増えた。あるいは、機嫌よく鼻歌を唄いながらハーゲンダッツのアイスを食べていたかと思うと、いきなり枕元にスマートフォンを投げ出し、くたくたな人形みたいにうつ伏せの格好で伸びていたりもした。やたらと料理に時間をかけてみたり、普段は飲まないお酒をひとりでちびちび飲んでみたり……、そして、ほろ酔いの勢いを借りて、同じ会社の親友のチーコに電話をしては、「なんかね、淋《さび》しいんだよね……」なんて、淋しいのかしあわせなのか分からないような顔をして、愚痴（らしきもの）をこぼしたりもしていたのだ。

たまにチーコと電話がつながらないときもある。

そういうとき、イズミは眉をハの字にしながら出窓へと近づいてくる。そして、「ねえ、ユキちゃん——」と、いつもの枕詞《まくらことば》をつぶやくと、それからひとりごとのようなトーンで、心の声を、ぽろり、ぽろり、とこぼしてくれるのだった。

悲しいこと。

嬉しいこと。

不安なこと。

しあわせなこと。

淋しいこと。

イズミの感情は、くるくると変わった。

ボクは、そんなイズミの変化をいつも注意深く見詰めていた。

小さな出窓の、小さな金魚鉢のなかから。


このアパートの部屋のいいところは、キッチンの他に一部屋しかないことだとボクは思っている。つまり、ボクがいるこの出窓からは、そのどちらも見渡せるのだ。

イズミがどこにいてもよく見える。

イズミからもボクが見える。

それが、いい。


イズミは、この出窓に両肘《りょうひじ》をついて、ぼんやりと月を見上げるのが好きだった。

そういうときは、たいていボクも一緒に月を見上げている。イズミと「好きなモノが同じ」という素敵な気分を味わうためには、イズミを見るのではなく、イズミと同じ方向を見るのがいい。


ひとり暮らしの小さな部屋だからだろう、イズミはベッドを置いていなかった。

毎日、寝るときに布団を敷き、起床すると、いそいそと畳んでいる。テーブルもないけれど、その代わりに白い天板の小さな家具調こたつを使っている。このこたつに両脚を突っ込んでごろごろするのがイズミのお気に入りだ。

イズミは読書の時間を大切にしている。

というか、それが彼女の唯一の趣味なのだと思う。

だから、こたつに両脚を突っ込んでいるときも、布団に寝転がっているときも、とにかく時間さえあれば本を開いている。

読書中のイズミはとても平和そうで、呼吸が整っていて、満ち足りた表情をしている。そっとページを慈しむようにめくる仕草を眺めていると、ボクの気持ちまですうっと穏やかになっていくから不思議だ。

本のページをめくるときに立てる、あのカサカサという乾いたような音もいい。あの音を聞いているだけで、ボクは深いところでイズミとつながっているように思えるから。

最近のイズミは恋愛小説ばかり読んでいるようだった。

そのせいか、ふいに開いていたページを、パタ、と音を立てて閉じたかと思うと、「はあ……」と、声に出してため息をついたりしている。

よく観察していると、同じ「はあ……」でも、じつは、いろいろな「はあ……」があることがわかる。

でも、いまのイズミは、たとえそれが悲しい種類のため息であっても、眼鏡の奥の瞳には明るい光をたたえているように見えた。

ようするに「しあわせの土台」の上につくられた「フィクションのため息」をついているのだろう。

しあわせそうなイズミを眺めていると、ボクのお腹のあたりにもぬるま湯みたいな幸福感が滲《し》み出してきて、それがじわじわと全身に広がっていく。そして、その温度に気づいたとき、単純なボクは無意識にひらひらと長い尾びれを振っているのだった。

イズミのしあわせは、ボクのしあわせ。

でも、

ボクのしあわせは——。

と考えたら、ボクの口から空疎な感じの泡がこぼれてしまった。

ぷく……。

吐き出された小さなその泡は、冷たい水のなかを、ゆっくり、ゆっくりと上昇していき、やがて水面で弾《はじ》けて消えた。

そして、かすかな波紋を生み出した。

それはあまりにもささやかな波紋だけれど、よく見ると金魚鉢の縁まで広がっていき、ガラスに跳ね返されて中心へと戻ってくる。

一方通行の想い。

ガラスの壁は、いつだって揺るぎない。

水も通さない。

空気も通さない。

もちろん、ボクのことも通してはくれない。

でも、あっさり通すものがある。


光だ。


光になれないボクは、こうしてイズミと同じ部屋にいながらも、やっぱり、ずっと、ずっと、ひとりぼっちなのかな――、なんて思ったりして……。

出窓の外に広がる、空を含んだ大きな世界。

そのなかに、イズミの部屋という小さな世界があって、さらにそのなかに、ボクの金魚鉢という極小の世界がある。


パタ。

こたつで寝転がっていたイズミが本を閉じた。

イズミは閉じた本をこたつの上に置き、代わりにスマートフォンを手にした。

液晶画面をしばらく眺めて、また「はあ……」とため息をもらした。

あの小さな液晶画面のなかにも、イズミの心を動かすような世界が広がっているのだろうか？

ボクは、ボクの世界――金魚鉢――のガラスに沿って、くるりとひとまわり泳いでみた。

三角形の太った身体に、ドレスみたいにひらひらした長すぎる尾びれが付いたボクは、生まれたときから泳ぐのが下手でのろまだった。そんなボクでも、わずか十秒ほどでまわり切ってしまう世界。

だけど――、

一周十秒のささやかな世界には、いまこの瞬間、出窓の外から射《さ》し込むやわらかなオレンジ色の夕日が溶けていて、まるで夢のように淡く光っているのだった。

冷たいガラスが唯一、通してくれる光のプレゼント。

見て。
ねえ、見て。
イズミ。
ボクは長い尾びれと胸びれをひらひらさせて、必死にアピールをしてみる。
でも、こたつに両脚を突っ込んだイズミは、顔を上げてはくれなかった。
彼女はいま、液晶画面のなかの住人なのだ。
ボクは、あきらめて窓の外を見た。

あっ――。

いつもの塀の上に、あの黒猫がいた。
黒猫もまたイズミと一緒で、ボクには気づいてくれなかった。
それでも、いちばん大切なことには、ちゃんと気づいていた。

あの雪の日と同じ、空の匂いを嗅ぐような仕草で、黒猫はじっと夕空を見上げていたのだ。

蛍光オレンジに染まった丸い水のなかから、ボクもオレンジ色の空を見上げた。

空をスパッと斜めに断ち切るように、銀色の線がどんどん伸びていく。

飛行機雲だ。

それは音もなく、ゆっくり、上へ、上へと伸びていった。

せつないほどに広い、オレンジ色の空間。

ボクは「自由」について、少しだけ考える。

夕日を浴びていっそう艶やかに光る黒猫の背中。

蛍光オレンジの水のなかでたゆたうボク。

黒猫の横顔に向かって、ボクは心でつぶやいた。

キミは、ボクの友達だよね？

だって、いま、この瞬間――、広い、広い、空からのプレゼントに気づいて、分け合っている仲間だから。

タトエヒトリボッチデモ——ユキ

底冷えのする休日の夜——。

昼前からずっと外出していたイズミが、花を手にして帰ってきた。

それは切り花ではなく鉢植えで、まだ花びらがキュッと閉じたままの赤いつぼみをつけた植物だった。

「パンジーっていうんだよ。寒さに強いんだって」

イズミはそう言うと、パンジーをこたつの上にそっと置き、なぜかボクの金魚鉢の位置を少しずらした。

えっ？

これじゃあキッチンが半分見えないよ——。

ボクは抗議のつもりでイズミに近づいた。

でも、硬いガラスの向こう側にいるイズミには、ボクの思いは一ミリだって伝わらない。

「だーめ。ご飯はさっきあげたでしょ？」

的外れな返事をしたイズミは、こたつの上の小さな鉢植えを両手ではさむようにして持った。そして、慈しむような仕草でボクのとなりに置いた。

コト……。

その音が、とても小さかったから、ボクの心はむしろ大きく揺れた。赤いつぼみと深緑色をした葉っぱが、ふるふるとかすかに震えていた。

これまでずっと「ボクの場所」だと信じて疑わなかった出窓のスペースを、まさか赤い花と分け合う日がくるなんて――。

「パンジーの花言葉は『陽気さ』なんだって。わたし、そういう人に見えるのかな？」

思い出し笑いでもしているのか、イズミはしあわせそうに目を細めると、白い人差し指でそっとくすぐるように赤いつぼみに触れた。

ふるふると嬉しそうに揺れるパンジー。

ボクは——、

イズミの指に触れられたことがない。

これまで、ただの一度さえも。

それからイズミはキッチンの流しに立ち、五〇〇mlのペットボトルに水を入れて持ってきた。

いつもなら、その水は、少し減っていたボクの金魚鉢に足されるはずのものだった。

でも、今日は違った。

パンジーの飲み水となったのだ。

「ええと……、水はたっぷりあげていいんだよね」

イズミは紙切れ一枚の説明書きを読みながらそうつぶやいた。そして、鉢植えに水をやった。

焦げ茶色だった土が水を吸い、黒に変わる。

ボクの心も少しだけ黒っぽくなった気がした。

アスファルトに落ちて黒くなった雪たち――、すでに溶けて消えてしまった彼らのことが、なんだか愛《いと》おしいような気持ちになる。

「このパンジー、赤い花だし、咲いたらユキちゃんと似てるかもね」

え――。

「友達ができるね」

イズミにそう語りかけられた刹那、ボクは、はっきりと気づいてしまった。

違う。

赤いボクと赤いパンジーは、まったく似ていない。

似ているのは、あの大きな紺色の傘と、赤いパンジーの存在感なのだと。

ボクは毎日、ガラスの内側から外の世界を眺めていた。
この出窓から見える風景だけではなく、もっともっと広く、遠く、イズミが仕事をしたり遊んだりしているであろう「どこか」を想いながら。

イズミは、どこの誰から大きな紺色の傘を借りてきたの?
イズミは、どこの誰から赤いパンジーをもらってきたの?
考えれば、考えるほどに、心の奥がもやもやする。

ずっと前のこと——。
まだ、ボクの身体が、いまよりひとまわり小さかった頃、たった一日だけ、外の世界をちゃんと見たことがある。

ボクは、そのときのことを忘れない。
なぜなら、
はじめてイズミと出会った日のことだから。

あの日――、
ボクは青い水槽のなかにいた。

四角くて大きいわりに、とても浅い水槽だった。

ボクの周りには数え切れないほどの金魚がすいすいと泳いでいた。

ほとんどの金魚は小柄でスリムな流線型をしていて、ピンと張った尾びれを持ち、とてもすばしっこく泳ぐことができた。彼らは「和金《わきん》」というもっとも一般的な金魚だった。

一方のボクはというと、ずんぐり太った三角形の身体に、ドレスみたいにひらひらした長すぎる尾びれをつけた「琉金《りゅうきん》」だ。体重が和金たちの何倍もあるから、必死に泳いでもなかなか前に進まない。

そんな鈍臭《どんくさ》い琉金は、大きな青い水槽のなかに十四ほどしかいなかった。さらに数が少なかったのは両目が飛び出した黒い「出目金《でめきん》」で、彼らもボクと体型がよく似ているせいか泳ぎはとてものろまだった。


青い水槽のなかから水面を見上げると、信じられないほどたくさんの人たちが行き交っていた。しかも、人々は、色とりどりの華やかな浴衣を身に纏《まと》っていた。

彼らの頭上には、長い紐《ひも》が渡されていて、その紐からはいくつもの提灯《ちょうちん》が吊《つ》るされていた。

ぽわ、ぽわ、と幻想的に光る提灯を見ていると、ボクはなんだか切ないような気持ちになった。もしかすると、夜空を埋め尽くす提灯の明かりが、ひとりぼっちの月を隠してしまったからかも知れない。

ボクらが泳いでいる水槽の前には、入れ替わり立ち替わり人がやってきては、しゃがみ込んだ。

大人も、子供も、浅い水のなかを覗き込むと、きらきらと表情を輝かせてボクらを目で追った。

そう、あの日のボクは、夏祭りの金魚すくいの「商品」だったのだ。

赤、青、黄色のプラスチックのまるい枠に薄紙が貼られた「すくい網＝ポイ」は、水に浸けるとたやすく紙が破けた。だから、たいていの大人たちは、身体が小さくて軽い和金たちを狙っていた。

慎重にポイを動かしても一匹もすくえず、悔しそうに立ち上がる人もいれば、とても器用にひょいひょいと何匹もすくってしまう人もいた。

上手《うま》くいく人、そうでない人——いろんな人間がいるけれど、どちらも結果的には楽しそうなにこにこ顔だった。

でも、ボクら金魚の目には、彼らの笑顔はひたすらサディスティックに映るのだった。

うっかりポイにすくわれてしまった仲間たちは、心のなかで悲鳴を上げながら薄紙の上でぴちぴちと暴れた。そのとき薄紙が破れてくれれば助かるのだが、破れてくれないときは、水を張ったお椀《わん》のなかに入れられてしまう。そして、しまいには、お椀から透明な「持ち帰り袋」へと移し替えられ、そのままお客に手渡される。

「はい、どうもありがとねぇ」

屋台のおじさんのダミ声が響くと、持ち帰り袋を手にしたお客は満足げに目を細め、夏祭りの人混みのなかへと消えていくのだった。

遠ざかっていく仲間たち。

彼らは、お客の手からぶら下げられた透明な袋のなかで口をパクつかせながら右往左往していた。

助けて――。

仲間たちの心の叫びは、ぽわぽわと水面ににじむ提灯の明かりを震わせた。

すくわれた金魚たちはいったいどこへ連れていかれ、そして、どんな未来を味わうことになるのだろう？

なんとか水槽のなかで逃げ延びていたボクらは、連れ去られた彼らを憶《おも》いつつも、しかし、すぐに次の客のポイに追い回されては、必死に逃げ惑うのだった。

ボクみたいに身体が大きくて鈍臭い琉金は、無邪気な子供たちにとっての格好の標的となった。

相手が子供とはいえ、ひとたび狙われたら最後、泳ぐのが苦手なボクらはいとも簡単にポイにつかまり、すくわれてしまう。

でも、恐ろしさのあまり薄紙の上で身体をバタつかせていると、この身体の重さが功を奏してポイの紙はあっさり破けてくれた。

そして、ボクらは青い水槽のなかへ、ぽちゃん――。

音を立てて落水。

助かったのもつかの間、ふたたび次の客のポイから逃げ惑う。それの繰り返しだった。

夏の夜のぬるい水のなか、すうっと音もなく近づいてくる赤いポイ。青いポイ。

黄色いポイ。
ボクが逃げれば、別の金魚が代わりに狙われた。

助けてっ——。

仲間の悲鳴が水のなかで拡散する。

幼い女の子が手にした黄色いポイが、ゆっくりとボクに近づいてきた。
ボクは慌てて逃げた。
ほとんど役に立たないドレスみたいな尾びれを必死に振りながら。
水槽の壁に沿って、前へ、前へ。
背後から追りくる黄色いポイ。
やがて角に追い詰められてしまった。
逃げ場のない、角。
恐怖のあまり開けた口から、小さな泡が洩《も》れた。

ぷく……。

その刹那、ボクの脳裏には、まだ自分が稚魚だった頃の映像が流れ出した。

あの頃――。

ボクはどこかの養魚場で飼育されていた。

いつも自分の心を「無いこと」にして、孤独で、空っぽな日々を過ごしていた。

わかりやすく言えば、「琉金《りゅうきん》」と書かれた水槽のなかで、毎日いじめにあっていたのだ。

周りの琉金たちは同年代で、カタチも大きさもボクとそっくりだった。でも、理由はわからないけれど、ボクの頭の上にだけ、白く色素が抜けた部分があるらしかった。

みんなと違う色がある。

それも、ほんの少しだけ。

ただそれだけのことが、みんながボクをいじめる理由だった。

ボクは日々、餌を横取りされたり、からかい半分で追い回されたり、体当たりされたり、長いひれや、やわらかいお腹をつつかれたりして、心も身体も傷を負っていた。

どうして、ボクだけがこんな目に？

みんなと「違う」って、そんなに悪いこと？

ボクは毎日おどおどしながら水槽の角で震えていた。

息をひそめ、なるべく目立たないようにしていたのだ。

ぷく……。

いじめられている朝と昼と夕方は、時間が過ぎるのがあまりにも遅かった。だから一分でも一秒でも、早く夜になってくれることを願い続けていた。

夜は、唯一の「ボクの時間」だった。

水槽の水のなかに闇が溶けはじめると、みんなは一斉に目を開けたまま動きを止めた。眠りに落ちたのだ。

つかの間の、安息。

夜のあいだ、ボクは、ボク本来の心を少しだけ取り戻した。そして、水面にゆらめく月を見上げた。

月も、ひとりぼっちだった。

ボクは月にだけは心を許せる気がしていた。

だから、月のない夜も、じっと夜空を見上げて月のことを想った。

でも、安息の夜は、永遠ではなかった。

やわらかな暗闇を薙《な》ぎ払うように、無慈悲な力で朝が広がっていくのだ。そして、ふたたび、追い回され、つつき回される一日がはじまるのだった。

当時のボクの長いひれは、縁があちこち破れてぼろぼろだった。全身をおおっているる粘膜や鱗《うろこ》も剝《は》がれてしまい、皮膚がただれ、いつもひりひりと痛んだ。

水槽の角で震えながら、ボクは、ボクの心を殺していた。

見えないナイフが刺さったままの心に麻酔を打ち、鈍感にしていたとも言える。

ボクには心が無い。

だから、痛くない。淋しくない。悲しくない。怖くない。

孤独じゃ、ない——。

皮膚の痛みにも、心の痛みにも、なるべく向き合わずに過ごしていた。

ぼんやりしていよう——。

いつも、そう考えていた。

それが、ボクにできる唯一の防御だったから。

なるべく何も考えず、ただ、死んだように生きていよう。そう心を砕いていた。

死んだようにしていないと、死んでしまいたくなる。

つつかれても、体当たりされても、悪態をつかれても、無視されても、餌を取られても、ただ、ぼんやりしていれば、また、夜がやって来てくれる。

夜になってくれれば、大丈夫……。

ボクは日暮れを心待ちにしながら、ただ、ぼんやりと過ごしていた。

ときどき、胸に刺さった見えないナイフを力ずくでひねられるような仕打ちにあうこともあった。

ぼんやりとしていることすら許されないいじめ——麻酔ではごまかし切れない心の痛みに、ボクはあえいだ。

そういうとき、ボクの心は大量の血を流して死んだ。

でも、たしかに死んだはずなのに、なぜか時間が経《た》つと自動的に蘇生してしまうのだった。

ボクがそれを望むかどうかなどにはお構いなく。

しかも、蘇生した心には、冷たいナイフが刺さったままだった。

あの頃の時間は、あからさまに冷酷だった。

でも、その時間こそが夜を呼び寄せてくれた。

その時がくると、夜はゆるぎない力で昼間の光を押し出していき、広い世界のどこかの角っこへと追いやってくれるのだった。

ボクは、いじめの原因となった自分の頭の上の白いところを忌み嫌った。自分では見たことすらないのに、そこがボクの「欠点」だと盲信していたから。

いや、そもそもボクは、ボク自身が大嫌いだったのだ。

ボクに「欠点」がある以上、ボクそのものが「欠点」なのだから、好きになんてなれるはずもなかった。

「欠点」こそが、ボクそのもの。

そう信じ込んでいた。

ある時期から、ボクは頭の上の白いところを他の琉金たちに見られないよう、なるべく水面近くを漂うようにしはじめた。そして、いつしか、それが習慣となった。なにしろ頭の上の「欠点」さえ見られなければ、ボクはみんなとほとんど見た目が変わらない琉金でいられるのだから。

「欠点」さえ隠せば、彼らはボクを見つけられない――。

みんなのなかに溶け込める。
みんなと「同じ」であることは「価値」そのものだった。
そう、みんなと「同じ」は「正義」なのだ。
だから、ボクは、いつも、いつも、「正義」のために水面近くの「角」でじっとしていた。

しかし、水面近くに浮いているという習慣は、夏祭りの金魚すくいの「商品」となったボクにはアダとなった。当たり前だけれど、お客たちの標的となりやすかったのだ。

とりわけ子供たちは「ねえ、この金魚、すくえそうだよ」などと言っては、ボクを集中的に狙った。

逃げなくちゃ。

潜らなくちゃ。

ボクはドレスみたいな役立たずの尾びれを必死にひらひら動かして、のろまな逃避を続けた。

そんなボクが近づいていくと、周囲の小さくて俊敏な和金たちは、さっと散っていった。

そして、ひとり置いてけぼりになったボクは、子供たちのポイに追いつかれ、強引にすくい上げられ、呼吸ができない水の上でばたばたと暴れて――。

ぽちゃん。

また、青い水槽のなかへと落下するのだった。

ボクは、いつまで逃げ続ければいいの？

あの養魚場でのいじめは、夜になればいったんは終わった。

でも、夏祭りは、夜になってからが本番だった。

しかも、お客の数がどんどん増えていく。

また一匹、さらに一匹と、どこかへ連れ去られていく小さな和金たち。

すでにボクと同じ琉金も二匹、黒い出目金は一匹、とても器用で真剣な顔をした大人のポイに捕まり、提灯の明かりのなかへと連れ去られていった。

本当に怖いのは、無邪気に笑う子供じゃない。

手先が器用で「笑わない大人」だった。

ボクは用心深く、目立たないよう、浅い水槽のなるべく深いところ——、しかも、ポイですくいづらい角に潜むことにした。

角にいると、どこかホッとした。ポイにすくわれることへの恐怖がほんの少し薄らいだ。角は、幼い頃のボクの「居場所」でもあったから。

たとえひとりぼっちでも、やっぱり「居場所」は必要らしい。

「ねえ、チーコ見て。この子、可愛《かわい》い」

ちょっと控えめな若い女性の声がしたのは、二匹目の出目金が連れ去られてすぐのことだった。

その女性は、水槽の正面にしゃがみこんでいたのに、右隅にいるボクを指差していた。

金魚みたいな赤い浴衣と、細い鼈甲柄のフレームで縁取られた眼鏡が印象的だった。

「どれ？　あ、この子？」

チーコと呼ばれた女性も、ボクのいる隅っこを覗き込んだ。

「そう。この、頭が白い子」

「ちょっと変わった柄だね」

「おじさん、一回やります」

「あいよ」

赤い浴衣の女性は、店のおじさんから赤いポイを手渡され、眼鏡の奥の瞳を輝かせた。そして、ボクの方へとにじり寄ってきた。

狙われてる。

逃げないと。

でも、どこへ？

ボクは水槽の角で震えながらじっとしていた。

「おとなしくしててね」

つぶやくように言った女性は、ポイをそっと沈め、ボクをすくおうとした。でも、角にいたおかげで、上手くすくえない。

「うーん、もうちょっとこっちに来てくれないかな」

今度はポイを縦にして、ボクの身体を角から押し出した。

無防備になったボクは、慌ててひらひらと尾びれを振り、水槽の壁に沿って逃避した。

「ああ、待って」

すぐに女性のポイがボクに追いつき、お腹の下に潜り込んで――、次の瞬間、ボクは水の外へとすくい上げられていた。

呼吸ができなくなる。

苦しい。

助けてっ。

子供たちにすくわれたときと同じように、ボクはポイの上で暴れた。

すると薄紙が破けて、ぽちゃん、と水槽に落ちた。

危なかった……。

ボクはふたたびボクの「居場所」へ向かって泳ぎだす。

「ああ、破れちゃった。おじさん、もう一回お願いします」

「あいよ」

赤い浴衣の女性は、黄色いポイを手にして、ふたたびボクを探した。

「あ、いたいた。頭が白いから、すぐわかるよね」

ボクの「欠点」は、こんなときでもやっぱり「欠点」として働くのだった。

早く、角に行かないと。

のろまな泳ぎをしているうちに、黄色いポイがお腹の下に差し込まれていた。

そして、またすくいあげられた。

暴れるボク。

破けるポイの薄紙。

ぽちゃん——。

「ああ、難しいなぁ……」

眉をハの字にして残念がる赤い浴衣の女性は、懲りずにまたおじさんにお金を払ってポイを受け取った。今度は青いポイだった。

「琉金は重たいから無理じゃない？　ふつうの和金を狙えばいいのに」

チーコと呼ばれた女性が、苦笑いしながらアドバイスをした。

「うーん、でも、この子が欲しいの」

「なんで？」

「なんとなく……、かな」

必死に角に向かって泳ぎながら、ボクはふたりの会話を聞いていた。

なんとなく？

どうして、なんとなく、でボクを？

まともに考えている暇もなく、すぐに青いポイが追いかけてきた。

「ほら、イズミ、お椀を近づけておきなよ」

「うん」

チーコのアドバイスに素直に頷《うなず》くイズミ。

そしてボクは、またしてもすくわれてしまった。

心で悲鳴を上げながら全力で尾びれを振った。

「あぁ、暴れないで」

と言っている間に、薄紙が破けて、ぽちゃん。

イズミは一瞬だけ肩を落としたけれど、またしてもおじさんにお金を払って、ポイを受け取るのだった。

しかし、ボクの身体は重く、ポイの薄紙はもろかった。

それから三度も連続してボクをすくいそこねたイズミは、ついに「ああ……。この子とはご縁がないのかなぁ」とため息みたいにつぶやいた。

さすがに、もう、あきらめてくれるかな……。

角に向かって泳ぎながら、ほんの少しホッとしていたのもつかの間、おじさんが目尻にシワを寄せて笑った。

「お姉ちゃん、何度も失敗して可哀想《かわいそう》だからよ、おまけで一匹やるよ」

「えっ……」

店のおじさんはポイではなく、白い布で作られた網を手にすると、手前にいた和金を一匹すくい上げた。

「ほれ」

「あ、すみません。違うんです。その子じゃなくて」イズミが首を振った。「この子がいいんですけど」

「うーん、琉金は数が少ねえからなぁ」

店のおじさんは、弱ったな、という顔で首を傾けた。

「ねえ、おじさん、サービスしてあげてよぉ。この子、もう六回もやってるんだから」

イズミのとなりのチーコが愛嬌《あいきょう》のある口調で言う。

するとおじさんは「あはは。まあ、そこまで言われちゃ、しゃあねえな」と肩をすくめてみせると、さっきすくった和金を逃して、代わりにボクを網であっさりとすくい上げた。

つい反射的に網のなかで暴れたけれど、でも、もはや逃げられないということは、心のどこかで悟っていた気がする。

ボクは為す術《すべ》もなく、水を入れた持ち帰り袋のなかに落とされた。

そして、その袋がイズミに手渡される。

「ありがとうございます」

お礼を口にしたイズミの目は、細い三日月のかたちをしていた。

「お姉ちゃんの執念に負けたよ」

屋台のおじさんも三日月の目で笑った。

それからイズミとチーコは立ち上がり、人混みのなかへと歩き出した。

どんどん遠くなっていく青い水槽。

そして、そのときボクは、どこかへ連れ去られる恐怖を味わいつつも、生まれてはじめて「外の世界」をじっくりと見ることができたのだった。

外の世界には、すべてが満ちていた。

ありとあらゆる色があり、光があり、影があり、そして、形があった。

すごい。すごい。

怖いけど、すごい。

水槽の外は「美」と「不思議」のみで創《つく》られていた。

ボクは右を見て息を飲み、左を見て嘆息した。

上を見てめまいを覚え、下を見て心を震わせた。

前を見て驚嘆し、後ろを振り返ってポカンとしてしまった。

ぷく。

着飾った大勢の人間たち。

彼らは、こんなにも美しい世界で生きていたのだ――。

だから、みんな、しあわせそうに笑っているのだろう。

ふたたび右を見たとき、すぐ目の前にイズミの顔があった。イズミは持ち帰り袋を顔の高さまで上げて、ボクを横から眺めていたのだ。

「この子、ひとひらの雪を頭にのせてるみたいで、可愛いなぁ」

「うふふ。イズミ、ずいぶんロマンチックなこと言うねぇ」

「そう？」

「さすが天然文学少女」

「天然って……。っていうか、そもそも少女っていう歳《とし》でもないけど」

「たしかに」

「たしかにって、チーコも同い歳ですけど」

「わかってるよ」

ふたりは人混みのなかでくすくすと笑った。

それから少しして、イズミは何か特別にいいことでも思いついたような顔でチーコを見た。

「あっ、ねえ、この子の名前――」

「名前?」

「ユキ――がいいな」イズミは、うん、と自分の気持ちを確かめるように頷いてから、あらためて同じ名前を口にした。「ユキちゃんにする」

「なるほどね。ひとひらの雪を頭にのせた……」

「そう。ユキちゃん」

ユキちゃん。

無限の色と光と影と形のなか、ボクは透明な袋ごと揺られていた。

「よろしくね、ユキちゃん」

ユキちゃん。

生まれてはじめてボクは「名前」で呼ばれた。

それは、ボクとイズミとの間に、言葉にできないほど新鮮で濃密な「関係性」が生まれた瞬間でもあった。

その衝撃は、ボクの全身の鱗を、ザザザザ、と震わせるほどだった。

透明な袋のすぐ向こう——ボクの目の前で、イズミが目を細めて微笑んでいる。

ユキちゃん。

胸のなかで、自分につけられた名前をつぶやいてみた。

すると、ボクの体温は一気に上がっていき、長い尾びれの先端にまで、その熱が行き渡った気がした。持ち帰り袋のなかの水が、お湯になりそうだった。

ひとひらの雪。

ボクの「欠点」が、名前に……。

しかも、その「欠点」をイズミは「可愛い」と言い、あえてボクをすくおうとしたのだった。

ボクは、ユキちゃん。

「ユキちゃんの金魚鉢、もう買ってあるからね」

イズミが話しかけてきた。

ボクは反射的に口を開けた。

ぷく。

声の代わりに、小さな泡が出た。

どうやら「名前」というものには、目には見えない力が込められているらしい。「名前」を呼ばれると、ボクの内側の何かがくすぐられるようなのだ。

生まれてはじめて「名前」をつけてもらったボクは、なんとなく夢心地になったまま、袋のなかで後ろを振り返ってみた。

さっきまでボクがいた青い水槽は、すでに人混みに遮られて見えなくなっていた。

ふと冷静に考えてみれば、いまのボクは小さな袋のなかでひとりぼっちだった。

つかみどころのない不安。

名前をつけてくれたイズミにたいする、ふしぎとあたたかな感情。

心が、揺れていた。

イズミの手から吊り下げられた持ち帰り袋もゆらゆらと揺れていた。その袋の揺れに合わせて、ぽわ、ぽわ、と夢のような提灯の明かりも揺れていた。

揺られながら、ボクは、いったいどこへ？

考えても、答えは出なかった。

でも、ボクと同じ赤い色の浴衣を着たこのイズミという女性と一緒にいられるのなら、ボクはもう「角」で震えずに済むのではないか——。

奇跡だらけの世界の真ん中で、奇跡のような「名前」を得たボクは、なんとなく、そんなことを考えていた。

そして、その夜、ボクは一人暮らしをしているイズミの部屋へと連れて行かれた。

すでに小さな出窓には水を張った金魚鉢が用意されていた。

イズミは持ち帰り袋のなかの水と一緒に、ボクをそっとその金魚鉢のなかへ流し込んだ。

「ここがユキちゃんの新しいお家《うち》だからね」

このときボクは、さっきの自分の予感が当たっていたことに気づいた。

金魚鉢は、丸かったのだ。

つまり、イズミはボクに「角」のない家と、「角」を必要としない未来をプレゼントしてくれたのだった。

その夜から――、
金魚鉢のなかのボクは、本当の意味でひとりぼっちになった。

同じ水のなかにボク以外の金魚がいない。

一匹もいない。

水面を揺らすのは、唯一、ボクのひれだけ。

ひたすら静かで、ぽつん、としていて、だから何となくずっと「空っぽな感情」が胸に張り付いていた。

でも、あるようでないようなその感情よりも、ひときわ大きな感情をボクは噛《か》み締めていた。

それは、心の底からの安堵《あんど》だった。

ひとりぼっちは淋しい。

でも、一匹でいるときのひとりぼっちよりも、大勢のなかで味わわされるひとりぼっちの方が、ずっと、ずっと、心が痛いということをボクは知った。

しかも、ボクにはイズミがいた。

「ユキちゃん」

と、やわらかな声で名前を呼んでくれる人がいるのだ。

ボクが抱えるひとりぼっちの淋しさは、いつだってその声に含まれたぬくもりがふわっと霧散させてくれた。

とはいえ、この金魚鉢にいても、胸がチクリと痛む瞬間があった。

それは、イズミの名前を呼びたくて、口をいっぱいに開けたときに――、ぷく。

と、小さな、小さな、ひと粒の泡がこぼれ出る瞬間だった。

その泡は、不思議なほどゆっくりと浮かんでいき、やがて水面に達すると弾けて消えた。

そう、ボクは自分で自分の新たな「欠点」を見つけてしまったのだ。

ボクには、大切な人の名前を呼べる声が、ない——。

「ずっとひとりで淋しかったんだよね、わたし……」

ぷく……。

ハカナイヨル——イズミ

三角形の小さなグラスを傾けて、わたしはギムレットを飲み干した。

カクテルのメニューに書かれていた解説によると、ギムレットのカクテル言葉は「遠い人を想う／長いお別れ」らしい。お酒のことはよく知らないけれど、ライムがキリッと効いたこのカクテルをわたしは素直に美味《おい》しいと感じた。

「イズミちゃん」

「はい？」

「次は、なにを飲む？」

照明を抑えたバーのカウンター席。

肩が触れ合いそうな至近距離から、先輩がわたしの目を覗き込んでくる。

「あ、えっと、わたし、そろそろ……」

どぎまぎしながら視線を腕時計に落としたら、思わず「え……」と短い声がこぼれていた。

もう、こんな時間——。

「あの、先輩、終電は」

「ん？」

先輩も濃紺のスーツの袖をめくって時刻を確認した。

「あれ、とっくに逃してるな」

「え——」

「まあ、仕方ないか。今日は会話が愉しすぎたからね」

先輩は微笑みながらそう言って、ジャックダニエルが注がれたロック・グラスを傾けた。

コロン。

厚手のグラスのなかで、氷が甘く鳴る。

「この店、いいね。よく来るの？」

「はじめてです」

「あ、そうなんだ。イズミちゃんの地元だから、常連なのかと思った」

「以前から、なんとなく素敵な雰囲気のお店だなぁって思ってたんですけど、でも、ひとりで入る勇気はなくて……」

この店は、大人っぽさとカジュアルさをいい具合に備えた駅前のバーだった。朝夕の通勤時に店の前を通るので、気にはなっていた。

「ふうん。ちなみに、イズミちゃんちは、ここから歩いてすぐ？」

「えっと、十分くらい、です」

「そうなんだ。一人暮らしは、長いの？」

「大学を出て、就職をしてからなので、二年くらいです」

「じゃあ、慣れてきた頃だね。料理は自分で作る方？」

どうかな、と考えて、とりあえず頷いておくことにした。

「たぶん、作る方かな――、と思います」

「やっぱりね。イズミちゃん、家事とか上手にこなしそうに見えるもんなぁ」

「そう、ですか……」

「うん、そう見えるよ。イズミちゃんは絶対にいい奥さんになるタイプ」

ストレートに褒めて、先輩は目を細めた。

爽やかな笑顔。清潔感のあるスーツ姿。

まつ毛を数えられそうな距離からまっすぐに見つめられて、わたしの顔は火照ってしまった。耳まで真っ赤になっているのがよく分かる。

どうか、お酒のせいだと思ってくれますように。お店のなかは暗いから大丈夫かな――。

あれこれ考えながらカクテルグラスを手にして、口をつけたけれど――、すでに中身は空っぽだった。そんなわたしを見て、先輩の笑みが大きくなった。

「あはは。やっぱり、おかわり、する？」

「あ、いえ」

「オッケー。じゃあ、出ようか」

「はい……」

わたしはカウンターの下からバッグを取り出して、なかから財布を抜き出した。

「あ、いいよ。誘ったのは俺だし、遅くまで強引に付き合わせちゃったからさ。ここは奢《おご》らせてね」

「え、でも」

ついさっき、イタリアンのレストランでもご馳走《ちそう》になっていたのだ。さすがに、ちょっと気が引けた。

「大、丈、夫」

にっこり笑った先輩は、とてもスマートな所作で会計を済ませると、自分よりも先にわたしの背中にコートをかけてくれた。

人は三十歳になると、こんなにも大人になるのだろうか？　わたしと六つしか違わないことが信じられない……。

「マスター、美味しかったです。ご馳走様でした」

先輩はカウンターのなかに声をかけてから、わたしの背中にそっと触れた。

「いこうか」

「あ、はい」

分厚くて重たいバーの扉を、先輩が押し開けてくれる。

「すみません」

小さく会釈しながら先に店を出た。

それからわたしたちは肩を並べて線路沿いの歩道をゆっくりと歩き出した。

「あの、先輩」

「ん？」

「帰りは、どうやって――」

「タクシーを拾って帰るよ。俺んち、ここから三駅しか離れてないし」

「なんか、すみません」

わたしは自分でも意味が分からないまま謝っていた。まさか、うちに泊まりますか？　なんて口が裂けても言えないし、そんな気はないし、そもそも、わたしたちはそういう関係じゃないし。

「あはは。なんで謝るの？」

「なんとなく、です……」

凜とした真冬の深夜の風が吹いて、わたしの髪をさらさらと揺らした。首元が冷たいけれど、それが心地よくもある。

「イズミちゃんはやさしいんだね」

「え？」

「だって、俺の帰りまで心配してくれるんだもん」

「………」

小柄なわたしは、背の高い先輩の肩までしかない。だから、先輩の声は少し上から聞こえてくる。

やさしい天の声みたいだった。

「寒くない？」

「大丈夫です」

ちらり、と目だけで先輩を見上げた。

この人、モテるんだろうなぁ……と、しみじみ思う。

わたしたちが勤めている会社は、特殊な形の箱などを作る厚紙加工を専門としたメーカーだ。一応、都内に六階建ての自社ビルはあるものの、社員数は一二〇人ほど。つまり、二～三年もいれば社員の顔と名前がすべて一致するレベルのアットホームな会社だった。

とはいえ、多くの会社がそうであるように、うちの会社にもれっきとした「部署のヒエラルキー」のようなものがある。

たとえば先輩は、社内の花形部署のひとつ「企画デザイン室」で敏腕をふるう「日なたの人」だし、一方のわたしは、いちばん地味な「商品管理部」の末端で事務を担当している「日陰の人」だ。

仕事の質も内容も違うせいで、普段はあまり接点のないわたしと先輩だけれど、あの雪の日は、たまたま帰りが一緒になって、会社から駅まで相合傘で送ってくれたのだった。先輩とまともに会話らしい会話をしたのは、じつは、それがはじめてのことだった。

同じ沿線に家があることを知ったわたしたちは、一緒に満員電車に揺られた。そして、わたしが先に電車から降りようとしたとき――、

「はい、これ」

先輩は、紺色の傘をわたしに握らせた。

「え？　でも……」

「大丈夫。じつは俺、折りたたみ傘も持ってるの」

にっこり笑った先輩は、自分のビジネスカバンをポンと叩《たた》いて見せたけれど、いま思えば、あの台詞は嘘《うそ》だったとしか思えない。先輩は、わたしに気を遣わせないスマートな方法で、ひとつしかない傘を貸してくれたのだ。

凛とした夜風のなか、わたしたちはとてもゆっくり線路沿いの歩道を歩いた。でも、二分もしないうちに駅前のロータリーに着いてしまった。

終電を逃した客をつかまえようと、タクシー乗り場には、すでに数台のタクシーが並んでいた。

それを横目で見ながら、先輩は口を開いた。

「ちょっと寒いけどさ、あと少しだけ酔い覚まししない？」

「酔い覚まし？」

「散歩、したいなと思って」

「散歩……、ですか」

「うん。たしか、この先に桜がたくさん咲く公園があるじゃん？」

桜の公園を、散歩——。

わたしの脳裏には、妖艶な夜桜の絵が浮かぶ。

「でも、いまは」

「あはは。もちろん咲いてないけどさ。噴水のある池のベンチで、あったかいコーヒーでも飲みたいなって」

「…………」

「イズミちゃん、俺に缶コーヒー、ゴチしてくれる？」

そう言われて、断れるはずもない。

「あ、はい。もちろんです」

わたしは小さく頷いた。

「やった。じゃあ、後輩にゴチさせちゃおう」

先輩は両手をロングコートのポケットに突っ込むと、わたしを見下ろして陽気な笑みを浮かべた。

この人、こうやって色んな女性を口説いてきたのかな――。

ふと、そんなことを思ったら、うっかりため息をこぼしてしまった。

先輩は、そんなわたしの仕草も見逃さない。

「ん？　もしかして、俺、無理を言ってる？」

「あ、いえ」

「ほんとに？　寒いし、無理しなくていいからね」

「はい。缶コーヒーで申し訳ないですけど、わたしにゴチさせてください」

「よかった。じゃあ、俺は、微糖でよろしく。イズミちゃんは？」

「わたしは、ブラックが好きです」

「おお、かっこいいなぁ」

「うちの近くに小さなコーヒースタンドがあって、そこのコーヒーがすごく美味しくて、最近、ブラックが飲めるようになったんです」

「へえ、そうなんだ。いつか、俺も飲んでみたいな」

いつか？

それって……、もしかして、いずれはわたしの家に来たいってこと？　ってことは？

考えかけて、やめた。

そういうことはアルコールに溶けた頭では考えない方がいい。下手をすると痛い目に遭うから——。

わたしのなかにいる、もうひとりの冷静な自分が警告を発してくる。

タクシー乗り場を過ぎて、わたしたちはさらに線路沿いの道をゆっくりと歩いた。

歩いているあいだ、「日なたの人」の口からは、愉しい話、ほっこりする話、わくわくするような話が、とめどなくこぼれ出てくる。

たとえば、取引先のお偉いさんの靴下の柄がいつも真っ赤な薔薇《ばら》で、部下からこっそり「ベルサイユ部長」と呼ばれているとか、実家の飼い猫は機嫌のいいときにだけハイタッチをしてくれるとか、学生時代の友人にプロサーファーがいて、ついに世界選手権に出ることになったとか——。

一方の「日陰の人」は、どこか遠い世界の話を聴かせてもらっているような夢心地を味わいながら、相槌《あいづち》を打ったり、くすっと笑ったりするばかりだった。

噴水と桜の樹《き》がある公園に近づくと、わたしたちは静かな闇のなかで煌々《こうこう》と光る自販機の前に立った。

「どれにしますか？」

言って、先輩を見上げた。

「イズミちゃんのセンスに任せた」

「えっ？　微糖、ですよね？」

「うん」

「ええと、じゃあ、これにします」

先輩によく似合う、きらきらした金色のデザインをまとったショート缶を買って、手渡した。

「サンキュ」

「いいえ」

わたしのブラックは――、地味で真っ黒なデザインしかなかったので、それを買う。

あたたかい缶を両手で握りしめながら、わたしたちは公園のなかへと歩き出した。

園内に点在している水銀灯は、ふわふわと幻想的な光を放っていて、なんだかたんぽぽの綿毛を思わせた。

公園の真ん中にある池の前まで来ると、先輩はちょっと残念そうな声を出した。

「夜は、さすがに噴水もお休みなんだね」

「あ——、節電、ですかね？」

まるで浪漫《ロマン》も色気もない、現実的すぎる台詞を口にしてしまったわたしを見て、先輩は笑った。

「あはは。そうだね、きっと。でも、しんとした夜の公園も悪くないな」

「はい……」

もう、余計なことはしゃべらないようにしよう、と思う。

わたしたちは池の周囲に並べられたベンチに腰掛けた。

「んじゃ、いただきます」

先輩が缶コーヒーを口にした。

わたしも飲む。

「アルコールを飲んだ後のコーヒーって、なんで美味しいんだろう」

「うーん……」

考えるふりをしながら、わたしは首を少し傾《かし》げた。

「ラーメンも美味しいんだよな」

「ですよね」

先輩の言葉をまっすぐに肯定したら、今度は先輩が首を傾げた。

「あれ？　もしかしてイズミちゃん、ラーメン食べたい？」

わたしは笑った。

「無理です。お腹がいっぱいです」

「あはは。だよね。あのレストラン、けっこうボリューミーだったもんなぁ」

先輩の吐く息が白くて、コーヒーの缶を握った手があったかくて——。

わたしは視線を落とした。

地面に、淡い月影が落ちていた。

それは、微妙な距離をあけて肩を並べた、わたしと先輩のシルエットだった。

先輩もその影に気づいたのか、地面を見ながら言った。

「今夜は、なんだか明るい夜だね」

わたしは小さく頷いて、背後を振り返り、月を見上げた。

ひんやりとして、真っ白な満月——。

「明るいです。月が」

先輩も身体をひねって後ろを向いた。

「ほんとだ。満月だね」

「きれい」

「うん、しかも大きい」

それから少しの間、わたしたちはきれいな月を見上げながら、ほわほわと白い息を吐き続けた。

いま、この瞬間の「美」を、誰かと一緒に味わえるということ――。

ふと、わたしはつぶやいた。

「バニラアイスみたい」

「はい。冷たそうで、真っ白で」

「バニラアイス？　月が？」

先輩はくすっと笑った。

「イズミちゃん、おもしろい表現をするね」

「変、ですか？」

「ううん。ぜんぜん変じゃないけど」

「けど？」

一拍おいて、先輩が少し低い声を出した。

「舐《な》めてみたいなって思った」

え……？

わたしが月から先輩へと視線を戻すと、先輩もわたしを見ていた。

恐怖によく似た緊張感が、わたしのお腹のあたりを固くした。わたしは無意識に、ほんのわずか、上体を後ろに引いていた。

「え？ あ……、違う違う。変な意味じゃなくてさ」先輩は眉をハの字にしながら笑った。「月だよ。舐めてみたいって思ったのは、アイスクリームみたいな月のこと」

そういうこと――か。

うん、そりゃ、そうだよね。

ホッとしたわたしも苦笑していた。

わたしたちはふたたび噴水の出ない池の方を向いた。

そして、それぞれ静かにコーヒーの缶に口をつける。

足元には、ふたりの淡いシルエット。

丸い池の水は月の光をしっとりと吸い込んでいて、白く輝きながらかすかに揺れていた。

さっき飲んだギムレットみたい――。

なんて言ったら、また先輩に笑われちゃうかな。

そう思って、わたしが言葉を飲み込んだとき、先輩は本当に他愛ないことを思い出したような口調で「あ、そういえばさ」と言った。

「はい？」

わたしは先輩の方を見た。

「イズミちゃんって」

「………」

「彼氏とか、いるの？」

先輩は、池のなかで揺れるギムレットを見たままそう言った。

え――。

一瞬にして固まったわたしは、先輩の端整な横顔をぼうっと見つめながら、なぜかギムレットのカクテル言葉を思い出していた。

遠い人を想う。

長いお別れ。

先輩が、ゆっくりとこちらを振り向いた。

月が、明るすぎるよ――。

そんなことを思いながら、わたしは首を小さく横に振っていた。

「彼氏は、いません……」

キミガイナイ——ユキ

待ち焦がれた時刻になった。

でも、イズミはいつもの路地に姿を現さなかった。

外はとっぷりと日が暮れ、家々の窓からは四角い明かりが漏れていた。そのやわらかな光は、アスファルトをしっとりと照らしていて、ボクはなんとなくセピア色の記憶を眺めているような気持ちになった。

時折、家々の四角い窓のなかに人影がゆらめいた。

ボクは退屈しのぎにその影を追っては、他人の家の暮らしぶりを想像していた。

あそこは小さな女の子がいる家だから、きっと可愛らしい子供部屋があって、いつも笑いが絶えなくて、美味しいご飯を家族で食べていて……、もしも、ボクを飼うとしたら、きっと二階のあの窓辺に金魚鉢を置いてくれて——。

想像の世界は自由で、その気になればどこまでも無限に広げていくことができた。言ってみれば、小さな金魚鉢のなかで暮らすボクの心に翼を生やすようなものだった。

ただし、想像の世界で遊ぶには、たったひとつ、決して犯してはならないルールがあった。

そして、この夜のボクは、うっかりしていたのだ。

もしも、ボクが人間だったら。

イズミと同じ人間だったら。

ボクは、たったひとつの危険な想像の翼を広げてしまった。

いつだってそうだ。ルールを無視したとたんにボクの胸は窮屈な感じになり、鈍い痛みにやられてしまう。

しかも、今夜は、夜になっても帰ってこないイズミのことがずいぶんと心配になってしまった。

ぷく……。

イズミのいない夜のこの部屋は、出窓から見下ろす路地よりもいっそう真っ暗で、ひんやりとした静謐《せいひつ》に包まれていた。

壁掛け時計の秒針の音も、闇のなかを漂い出す。

チ、チ、チ、チ、チ、チ……。

イズミがいるときには聞こえないこの音は、部屋のあちこちにひっそりと粉雪のように積もっていく。床の上に、こたつの上に、出窓の上に、そして何よりボクの胸のなかに。

朝から何も食べていないボクは、お腹が空《す》いていた。

ただ土から水を吸い上げるだけで餌も食べずに生きていられる隣人を、ボクはちょっと恨めしいような目で見た。

赤いパンジーのつぼみたちは、そんなボクのことなど完全に無視して、じっと押し黙ったまま俯《うつむ》いている。

つぼみをそっと撫《な》でたイズミの白い指。

思い出すと、胸のなかに積もりつつある秒針の音がいっそう重みを増していく。

しばらく、ぼんやりしていよう――。

ボクは、まだ名前がなかった頃に覚えた唯一の防御策に頼ることにした。

このままだと、秒針の音に埋もれてしまいそうだから。

　

夜半を過ぎてもイズミは帰ってこなかった。

でも、ボクの夜には希望が訪れた。

清潔な銀色の光を放つ友達が、夜空にそっと顔を出してくれたのだ。

今宵の月は、金魚鉢とそっくりなまんまるい形をしていた。

久しぶりの満月——。

路地のアスファルトにも、小さなコーヒースタンドにも、路地に沿って並ぶ家々の屋根にも、黒猫の散歩道の塀の上にまでも、まんまるな月は平等に淡い銀色のシャワーを浴びせかけ、ひとりぼっちの冷たい夜をやんわりとした夢の世界に塗り替えてくれるのだった。

しばらくすると、月は、路地の突き当たりにあるコーヒースタンドの上あたりに移動して、その清潔な光をボクのいる出窓のなかにまで届けてくれた。

ふと、パンジーのつぼみを見た。

月明かりを浴びた物言わぬ隣人は、まるで魔法の粉でもかけられたみたいにぼんやりと発光していて、いまにも真紅の花びらを開きそうに見えた。

月の光は、ボクのいる金魚鉢の水にも魔法をかけてくれた。

銀色に光る透きとおった水――。

そのなかをボクは夢見心地で、ゆったり、ゆったり、泳いだ。

まんまるな金魚鉢のなかに満ちたきらきらの水は、まんまるな発光体でもあった。

だから、もしかすると――、夜空で微笑んでいる月が、ボクの金魚鉢を見つけたなら、ここが小さな月に見えて、喜んでくれるのではないか。

そんな素敵な想像をしていたとき、ボクは、ハッとして泳ぎを止めた。

金魚鉢が置かれた出窓の板に、もうひとつのまんまるな光を見つけたのだ。

それは、金魚鉢を透過した月光によって創られた「光の影」だった。

まんまるな光は中心部分にいくほど青白く輝いていた。

そして、その光のまんなかで、ひらひらと優雅に揺れる影。

ボクの影だった。

いつもは邪魔でしかないドレスのような尾びれも、月光を透かすと、とても幻想的にゆらめいてくれた。

ボクは、自分の「欠点」のひとつに数えていたこの尾びれを、生まれてはじめて「誰かに見せたい」と思った。

夜空に月が輝き、金魚鉢も銀色に光る小さな月になり、そして生まれた「光の影」。儚《はかな》くて美しい、ボクの世界。

ぷく。

ボクはため息の代わりに小さな泡をこぼした。

そして、その泡がはじけて水面をかすかに揺らしたとき、ボクの脳裏にはイズミの微笑が浮かんでいた。

いま、この瞬間の「美」を一緒に味わって欲しい人——。

それからしばらくの間、月は何も言わず、ボクと一緒にいてくれた。

もしも今夜、月が夜空に現れてくれなかったなら、きっとボクは秒針に埋もれたまま、死んだようにぼんやりしていただろう。

イズミのいない空っぽな夜を、ひとりぼっちで耐え抜くために。

二章

セカイハユレタ——ユキ

パンジーの出現で半分も見えなくなってしまった小さなキッチンで、イズミは料理にいそしんでいた。

休日の朝だというのに早起きをして。

しかも、じっくりと時間をかけて。

キッチンのイズミは、珍しく鼻歌を唄っていた。

歌声は控えめだし、どの歌もボクがはじめて耳にするメロディーだったけれど、彼女が発する小さな音符たちは、部屋のなかをふわふわと漂い、踊りながら霧散していくようだった。

だから、ボクも釣られて、尾びれを振りながら泳いだ。

イズミの歌がちょっぴり音痴なのは、ご愛嬌だ。

黄色いチェック柄のシャツの袖をまくり、包丁を握ったイズミ。

眼鏡の奥の真剣な眼差し《まなざ》し。

でも、口元には終始ピュアな微笑みの欠片《かけら》が浮かんでいた。


このところのイズミは、ひたすら上機嫌だった。

もともとは控えめな性格なのに、行動の端々に「るん」という効果音をつけたくなるような明るさがある。

布団を敷くときも、るん。

ご飯を食べるときも、るん。

電話をしているときも、るん。

読みかけの本のページを閉じたときも、るん。

スマートフォンをいじっているときなんて、ひとりでにやにやしていたり、ときには「うふふ」と声を漏らしたりもする。

イズミが上機嫌なのは嬉しい。でも、そういうときはあまり出窓に近づいてくれない。

しかも、やっと近くに来てくれた、と思っても、それは赤いつぼみのパンジーへの水やりだったりするのだ。

そんなとき、ボクはイズミに一ミリでも近づきたくて、金魚鉢のガラスに鼻先を押し当てながら泳いだ。あるいは、派手なひれをひらひら振って、アピールしてみたりもした。

それでも気づいてもらえないときは、あきらめて水底へ沈んで深いため息をもらした。


ぷく……。


もちろん、パンジーからは目をそむける。

そもそも、この植物がいなかった頃は、イズミはボクだけを気にかけてくれたのだ。それが、いまや半分になってしまった。

何かひとこと言ってやろうと思っても、ボクには声がないし、つぼみのままぴくりともしないパンジーは、別に悪いことをしたわけでもない。

ただ、そこに居るだけなのだ。

だからボクはおとなしくあきらめる。
そして、ため息をこぼす。
ぷく……。
やがてイズミはたっぷり時間をかけて、料理を作り終えた。
「ふう、できた……」
ひとりごとを口にすると、今度はそれらを切りそろえて、丁寧にお弁当箱に詰めた。
ふたり分のお弁当箱――。
残った具材は、ラップをかけて冷蔵庫へ。
そして、壁の時計をチラリと見てからは、もう大慌て。
出かけるための準備をしはじめた。
化粧をして、髪の毛を整えて、服を選んで、着替えて、トートバッグにあれこれ詰め込んで、さて——、というところで、せっかく作ったお弁当をキッチンに置いたままだったことに気づいて、「わぁ、あぶない、あぶない」なんて言いながらバッグの中身を出し、あらためてきっちりとバッグの底にお弁当箱を詰め込んだ。
そして、イズミは足取り軽く玄関を出ていった。
「いってきます」も言わず。

ボクの餌も忘れたまま——。

外は冬晴れだった。
窓越しに空を見上げると、雲ひとつない。
まさに完璧な「青」が広がっていた。

青。

ボクは、はじめてイズミと出会った夏祭りの「青」を思い出した。金魚すくいの「商品」として泳がされていた、あの大きくて浅い水槽の「青」だ。

ボクがただの「欠点」としてのみ存在していた頃の「青」。

名前がなかった頃の「青」。

皮膚がただれ、ひれがボロボロだった頃の「青」。

完璧な青空のもと、イズミがアパートの階段を降りて、路地に姿を現した。

仕事にいくときよりも少し広い歩幅で歩いていく。

軽やかなスニーカーにジーンズ、肩にかけた帆布のトートバッグ、そして、おろしたてのサーモンピンクのジャンパー。

イズミの背中は、るん、と言っていた。

るん、と言いながら、ボクからどんどん遠ざかっていき、やがていつものコーヒースタンドの角を左に曲がってしまった。

ボクはお腹が空いていた。

だから心でそっとつぶやいた。

そのお弁当、誰と食べるの？

○○○

雪のなか、紺色の大きな傘をさして帰宅したあの日から、イズミは変わった。赤いつぼみのパンジーを連れてきてからは、いっそう変わった。

この部屋に来てから、ボクの金魚鉢の水はいつだってクリアだった。でも、最近は少し濁りがちだ。イズミが幸福そうになればなるほど、水をあまり交換してくれなくなったから。

ボクのお腹のところに、まだ小さいけれど、昔みたいな皮膚のただれができていることにもイズミは気づいていない。

ボクの名前を口にしてくれる回数も減った。

だから、昼間も、夜も、少し長くなった。


とても寒い夜のこと——。

雲間から顔を出した半月の光を浴びながら、少し濁った水のなかをボクはゆらゆらと泳いでいた。

イズミは、すでに布団のなかでしあわせそうな寝息を立てていた。

窓の外を見ると、こんな寒い夜だというのに、珍しく黒猫の姿があった。黒猫は、路地の薄闇に溶け込みながら、するすると滑るように塀の際の地面を足早に歩いていた。

と思ったら、ふいに足を止めた。

そして、前触れもなく、こちらを見上げた。


なに？

エメラルドグリーンに光るふたつの目が、何かしらの意思を持ってボクを見つめていた。

ボクもじっと見つめ返す。

すると、そのとき——、ボクの体側に並ぶ側線《そくせん》に、妙な感じの電気が走り抜けた。


ピリピリピリ……。


いつもは水圧や水流の変化などを感じるところなんだけど、そのピリピリは、これまでに味わったことのないような、とても不穏な感覚だった。

黒猫もピクリと身体を震わせ、何かを警戒するように左右を見回した。そして、しなやかな身のこなしで塀の上に飛び乗った。

黒猫が、ふたたびボクを見た。

何かを伝えようとする、ふたつの光る目。

その意図を読み取ろうと見つめ返していたら——、黒猫は少し慌てたように塀の向こう側へと消えてしまった。

黒猫も感じているのだ。

この変な感じを。
おかしい。
何かが……。
側線をピリピリさせるこの感覚は、なんなの？
夜空の月に心で訊《たず》ねたとき――、
ずずずずずずず……。
世界が細かく震動して、金魚鉢の水面が粟立《あわだ》った。
そして、次の瞬間、水ごとボクの身体が左右に大きく揺れ出したのだ。
えっ、なに？
反射的に窓の外を見た。

そのとき、家々の窓の明かりも、街灯の明かりも、すべてが消えてしまった。

激しく揺れている金魚鉢は、底面のガラスが出窓の板とぶつかってガタガタと耳障りな音を立てた。水面は右に左に大きく揺れ、ボクの身体も水と一緒に揺さぶられた。

必死にひれを動かしてバランスを取ろうとしても、上手くいかない。

「きゃっ」

悲鳴。

布団のなかでイズミが目を覚ましたのだ。

アパート全体がミシミシと嫌な音を立てて軋《きし》む。

パンジーの鉢もガタガタと音を立てながら、出窓の上を少しずつ移動しはじめていた。

分厚い掛け布団を撥《は》ね上げたイズミが、立ち上がってこちらを見た。

イズミは怯《おび》えていた。

だからボクは思い切り名前を呼んだ。

イズミ！

決して「声」にならないボクの言葉が、自分の胸のなかだけで反響した。

するとイズミは、揺れる足元を気にしながらも、慌てた様子でこちらに近づいてきたのだ。

「ユキちゃん」

ボクの名前を呼ぶ声。

イズミは両手で金魚鉢を抱くようにして持ち上げると、こたつのある部屋の真ん中あたりへと移動した。そして、両膝《りょうひざ》をついてへたり込んだ。

大きく揺れる水面。水が少しこぼれてイズミのパジャマの胸元を濡《ぬ》らした。

真っ暗な部屋のなか、洋服ダンスが揺れ、テレビが揺れ、窓ガラスが嫌な音を立てる。

イズミ！

「ユキちゃん……、大丈夫だからね……」

金魚鉢をきゅっと抱きしめたイズミが、震えながらボクに語りかけた。

ボクは、イズミの顔に近い水面へと泳いでいき、イズミの名前を連呼した。

「　」

「　」

音のない声は、彼女の耳には届かない。

そもそもボクには、イズミを守れるような身体もなければ、水から出ることすらできないのだった。

イズミ。

できることといえば、ただ、心のなかでイズミの名前を叫ぶことだけだった。

ボクは軽いめまいを覚えた。

それは揺れのせいではなく、自分の無能さに気づいたせいだった。

ぞくぞくするような歯がゆさが胸の奥から湧《わ》き上がってきて、それが自分にたいする怒りへと変わりかけたとき——。

「あ……」

イズミが小さな声をもらし、首を振って周囲を見回した。

世界の揺れが、おさまった。

ぷく……。

安堵のあまり、ボクはため息をついた。

口からこぼれた小さな泡は、やけに熱っぽくて、湿っぽくて、少しばかり毒を含んでいたと思う。

「はあ……」

イズミも、とても深いため息をついた。

そして、金魚鉢をそっとこたつの上に置いた。

ボクは部屋に異変がないか、くるりと周囲を見回した。

よかった、大丈夫そうだ――。

そう思いかけたとき、ボクの小さな心臓は、誰かの指でキュッとつままれたように鈍く痛んだ。

出窓の下の床に、転がっていたのだ。

赤いパンジーが、鉢ごと……。

イズミは立ち上がり、まずは部屋の照明のスイッチをカチカチと操作した。しかし、明かりは点《つ》かなかった。

「え、停電……」

つぶやいたイズミは、出窓から差し込む半月の明かりを頼りに、枕元に置いてあったスマートフォンを手にしてライトを点けた。そして、よろよろと出窓に近づいていき、無言でしゃがみこんだ。

「はあ……」

それは明らかにさっきとは違う色のため息だった。

イズミはライトの点いたスマートフォンを床に置き、天井に光を当てた。すると白い天井が光を拡散させて、部屋のなか全体に淡い光が広がった。

床に両膝をついたイズミは祈るように背中を丸めた。

そして、転がっていたパンジーの鉢を手にすると、周辺に散らばった土をかき集め、鉢のなかへと戻しはじめた。

よく見ると、パンジーは根っこごと鉢の外に飛び出ていた。でも、幸い、数本ある茎はどれも折れていないようだった。

やがて、土をあらかた片付け終えたイズミは、パンジーの鉢を元あった出窓の上にそっと戻した。

と、そのとき、イズミが照明代わりに使っていたスマートフォンが振動した。電話だ。

イズミは手についていた土を鉢の上で軽く払うと、スマートフォンを拾い上げて通話をはじめた。

「もしもし。お母さん？　あ、うん。びっくりしたよ。けっこう大きかったから。わたしは大丈夫だけど、お母さんは？　あ、よかった。そっちは揺れなかったんだ。まあ、うちからは遠いもんね。うーん、どうかなぁ……、震度五くらいあった気がする。出窓の鉢植えが落ちて、カーペットが泥だらけになっちゃった。うん。そう。

まだ停電してるけど……、うん、うん。あとで掃除機で床を掃除しないと」

イズミはそのまま二分ほど母親としゃべってから通話を切った——、と思ったら、ふたたびイズミの手の中のスマートフォンが振動しはじめた。

液晶画面を見下ろしたイズミの頬が少し緩んだように見えた。

「もしもし、前田《まえだ》さん？　こんばんは。うん、平気ですよ。でも、ちょっとびっくりでした」イズミの声はいつもより少し高くて、幼く聞こえた。「うん、それは大丈夫ですけど。えっと、そっちは？　えっ、本棚から？　えー、そうなんだ。あ、はい、うちは……、パンジーの鉢植えが出窓から落ちちゃって……、せっかく頂いたのに——、あ、はい。そうです。土が床に散乱しちゃって。でも、パンジー自体は無事でした。茎も折れてないし、根っこも大丈夫そうです。あ、はい、金魚鉢も落ちそうだったから、あわてて押さえて……、はい、はい。うふふ。大丈夫ですよ」

イズミがボクをちらりと見た。

「あ、はい、わざわざお電話をありがとうございます。えっ、いまですか？　ああ、お母さんから電話があって、ちょっと話してたんです。そう、心配してくれて。え、本当ですよ。信頼ないなぁ。本当にお母さんですってば。うふふ」

通話時間が延びるほどに、イズミの表情には安息と喜びの色が満ちていった。

それからイズミはしばらくの間、「前田さん」としゃべり続けた。

三〇分ほどが経ち、ようやく通話を終えたイズミは、スマートフォンのライトを点けて、今度はこたつの上に置いた。白い天井が光を跳ね返し、部屋のなかがふたたびぼんやりとした薄明かりで満たされる。

「えっと、停電してるから……」

小声でつぶやいたイズミは部屋の隅からコードレスのハンディー掃除機を持ち出してきて、床板に散乱した土を吸い取りはじめた。

掃除が終わると、イズミはボクの金魚鉢を抱えて出窓に戻してくれた。

窓の外は相変わらずの停電で暗かったけれど、その分、銀色の月明かりが冴え冴えと世界を平等に照らしていた。

ふいに――、

「あ……」

イズミの唇が小さく開いた。

と思ったら、イズミはこたつの上のスマートフォンを手にしてライトを消し、なぜか部屋を真っ暗にした。

そして、ふたたび出窓の前に戻ってきた。

出窓には、銀色の月明かりが斜めに差し込んでいた。

「はあ……」

イズミがため息をこぼした。

うっとりしたように目を細めて。

ボクは、そのイズミの視線を追ってハッとした。

やっと――。

イズミも気づいてくれたのだ。

銀色の月明かりを透かして映す「光の影」に――。

ボクは「光の影」の中心の「影」となり、できるだけ神秘的に見えるよう、ゆらり、ゆらりと、ドレスのような尾びれを動かした。

ねえ、イズミ、

きれいでしょ？

でも、イズミは何も答えず、ただじっと「光の影」を見下ろしていた。

そして、しばらくすると、ゆっくりと顔を上げ、窓の向こう――、夜空に浮かぶ月を静かに見つめた。

「きれいだねぇ、ユキちゃん」

イズミがつぶやいた。

まるで素敵な夢でも見ているみたいな声色で。
でも、もう、ボクにはわかっていた。
いま、この瞬間、銀色の光を吸い込んだイズミの瞳に映っているのは、夜空に冴える月でもなければ、ボクでもないということを。

ぷく……。

口からこぼれ出た小さな泡が、ゆっくり、ゆっくり、浮かんでいき、ちょっぴり濁った水面ではじけた。
同時に、パッと部屋の照明が点いた。

夢は、いつかは覚めるのだ——。

キミノイバショヲ——ユキ

悲しくなるほど冷え込んだ雨上がりの朝。

イズミが出勤の支度を整えているとき、ボクは路地の様子を眺めていた。

突き当たりのコーヒースタンドの前では、茶色いキャップをかぶったいつもの店員が掃き掃除をしていた。

そこに、まだ足取りのおぼつかない男の子が現れた。楽しそうにてけてけと走ってきたと思ったら、何かにつまずいたのか店員のすぐそばで派手に転んでしまった。

それに気づいた店員は、手にしていた箒《ほうき》を放り投げると、急いで幼児を抱き起こした。

アスファルトに両膝をつき、幼児と視線の高さを合わせて、大丈夫？ 痛くない？ とでも言っているように見える。

でも、幼児はそれを完全に無視して大泣きだ。

そこへ幼児の母親らしき女性が駆け寄ってきた——、と思ったら、なぜか店員に両腕を支えられていた幼児を、ひったくるような勢いで抱え上げたのだった。さらに母親は、抱いた子供を店員から隠すようにして、上から何かを言った。両膝を地面についていた店員は、困ったように後頭部に手を当てて首をすくめている。抱き起こしてあげたのに、何か勘違いをされているようだ。

母親は、さらに一言、吐き捨てるように言うと、子供を抱えたまま大股で立ち去っていった。

店員は、叱られた子供みたいにのろのろと立ち上がると、店の前に放り投げていた箒を拾いなおした。そして、母子が消えた方を呆然《ぼうぜん》と眺めながら、しばらくのあいだ立ち尽くしていた。

やれやれ、あの人は、とことんツイてないなぁ……。

雪の翌日には尻餅をつくし。

ボクは他人事《ひとごと》ながら、深く嘆息してしまうのだった。

ぷく……。

やがてイズミは出勤の準備を終えて、いつものように部屋から出ていった。アパートの階段を降り、アスファルトがきらきら光る雨上がりの路地へと歩き出す。

そのまま突き当たりのコーヒースタンドへと向かうと、店内からさっきの茶色いキャップの店員が少し慌てた様子で出てきた。そして、近づいてくるイズミに、親しげに話しかけた。

後ろ姿のイズミは小さな会釈で応えたのだが、店員はイズミに何か切々と語りかけて、イズミの足を止めた。

イズミはちらりと腕時計を見た。

きっと、いまは時間がないことを暗にアピールしているのだ。それにも構わず、店員は、身振り手振りを交えて何かを話している。

結局、イズミが解放されたのは、店員につかまってから二分ほども経ってからのことだった。

足早に立ち去ったイズミを、店員はしばらくのあいだ見送っていた。

このところ、コーヒースタンドの店員は、隙《すき》あらばイズミに話しかけている。

忙しい朝も、くたくたに疲れて帰ってくるときも。

あまりしつこいと、イズミは帰宅時のコーヒーも買わなくなるのではないか……。

ボクは、そんなことを思いながら、店内へと戻っていく、お人好《ひとよ》しでツイてない店員の姿を眺めていた。


イズミが仕事に行き、茶色いキャップをかぶった店員もいなくなった。

出窓から見下ろせる風景が味気ないものになる。

ひとり退屈を持て余したボクは、地震のあった夜のことをあれこれ考えはじめた。


ボクを真っ先に助けてくれたときのイズミの表情。

前田さんと電話をしていたときの弾んだ声。

はじめて「光の影」を見つけたときの素敵なため息。

そして、静かに月を見上げたときの、あの遠い瞳。


他にも考えたことはいろいろあったけれど、気づけばボクは、考えることにさえ退屈しているのだった。

とにかく、ひとつだけ言えること。
それは、いま、ボクの隣にいるパンジーが、ちょっぴり淋しそうに見えるという
ことだった。いくつかあるつぼみは、どれも以前よりうなだれて見えた。
地震があったあの夜から、ボクはときどきパンジーに話しかけている。
今日はやけに寒いね。
つぼみ、少しふくらんできたんじゃない？
土が乾いてきたけど大丈夫？
キミはちっとも動かないけれど、心はあるの？
話しかけても、返事はこなかった。
それでも、なんとなくだけど、話しかけているときのボクの気分は、悪くなかっ
た。

昼過ぎから、路地に白い車が停《と》まっていた。

その車の屋根の上で、いつもの黒猫が丸くなって寝そべり、ひなたぼっこをしていた。うつらうつらしては、ときどき耳をピクリと動かして周囲を警戒している。

そういえば、つい先日、黒猫が飼われている家がわかった。

路地に面した塀の向こう側にある薄茶色の二階屋だ。

庭の隅には葉っぱを落とした大きな樹があって、張り出した枝の一部が屋根と重なっている。

黒猫がその家の二階の窓枠でひと鳴きすると、ガラスの内側に幼い男の子が現れて、とても無邪気な感じで破顔した。そして、当然のように窓を開け、黒猫を室内に招き入れたのだった。

そのとき、少年は黒猫に向かって何かを言った。

声は聞こえなかったけれど、きっと名前を呼んだに違いなかった。少年の呼びかけに、黒猫も素直に返事をしていた。

黒猫にも、名前がある。

名前を呼んでくれる人がいる。

それを知ったことは、ボクにとって、ちょっと胸がくすぐったくなるような出来事だった。

思えば、地震がくる直前、黒猫は塀の向こう側に消えたけれど、あれは自分の家の庭に戻ったのだ。

世界がぐらぐらと揺れていたとき、黒猫とその家族はどうしていたのだろう？ 停電して、真っ暗になり、月明かりだけが冴え冴えとした夜を、どんな気持ちで過ごしたのだろう？

黒猫は、あの家の人たちの助けになったのか？

あるいは、逆に助けられたのか？

ボクの隣にいるパンジーは何も語りかけてこないけれど、黒猫の家の庭に生えている、あの葉っぱのない大きな樹には、心があるのだろうか?

誰かの白い車の上で、とても平和そうに昼寝をしている黒猫を見下ろしながら、ボクは妄想をふくらませていた。

やがて妄想にも飽きると、ボクはいつもの防御態勢に入った。

ぼんやりしていよう——。

ஃ ஃ ஃ

昨夜、イズミは深夜になって帰宅した。

お酒を飲んだみたいだ。

そのせいか、今朝は珍しく寝坊をして、慌てて家を飛び出していった。

慌てていたから仕方ないかも知れないけれど、また、イズミはボクの餌を忘れた。

赤いパンジーの乾いた土にも、水をやり忘れた。

前田さんのせいだよね――。

ボクは腹ペコ仲間のパンジーに愚痴ってみた。
返事がないから、愚痴はひとりごとになってしまったけれど。

お腹が空っぽなとき、この世界はみじめさと退屈で満たされる。
心が空っぽなとき、この世界は淋しさと退屈で満たされる。
いまのボクは、お腹も心も空っぽだった。

チ、チ……。

だからこういう日は、時計の秒針の音がいつもより大きく聞こえて、金魚鉢のなかまでどんどん降り積もってくる。

退屈だった。とても。

窓の外を眺めてみても、いつもと代わり映えしない風景がのっぺりと広がっている。

今日は黒猫の姿も見られない。

動くモノが何もない。

せめてパンジーとしゃべれたなら——。

そう思ってパンジーを見ても、赤いつぼみたちが申し訳なさそうに頭《こうべ》を垂れているだけだった。

ボクは、ふと、周りがいつだって動いていた頃の光景を思い出した。

養魚場の水槽の角で身を潜めていたときのこと。

夏祭りの金魚すくいで、ポイに追い回されたときのこと。

イズミにすくわれ、救い出してもらえるまで、ボクの周りにはたくさんの金魚たちが泳いでいた。いじめられたりもしたけれど、心と心でちゃんと「会話」ができる相手がいた。

でも、いまは――。

喜びも、悲しみも、ひとりぼっちで味わう毎日だ。

この金魚鉢のなかに限っていえば、ボクは「自由」だし、イズミのおかげで「安心」と「安全」を手にしてもいる。けれど、心を分かち合える相手の数は永遠にゼロなのだった。

ボクは無いモノねだりをしているのか。

自分の努力では手に入らないモノを求めるべきではないのか。

心と身体の痛みに耐えていた過去……。

あの水槽の「角」に戻りたいとは思わない。

死んでも、思わない。

でも、少しだけ――、ほんのちょっぴりだけど、誰かとの会話に懐かしさを感じているボクがいるということは、認めないわけにはいかなかった。

腹ペコなボク。
少し乾きかけたパンジーの土。
この世界のどこかでイズミと親しくしている前田さん。
きっと近くにいるのに、あまり姿を見せてはくれない黒猫。
少しずつ大きくなってきたボクのお腹の皮膚病の白い部分。
丸くて、透明で、冷たい、ガラスの壁。
月の満ち欠け。

ぷく。

ひとつぶの儚い泡。

ボクはいったい誰なんだろう？

ずっとこのままでいいのかな？

そもそも、自分では違う生き方を選べないから、ここにいるんだよね？

ボクは変われないのかな？

世界は変わらないのかな？

そんな疑問を投げかける相手すらいない現実にこそ、ボクは飽きているのかも知れない。

こんな悩みを持つこと自体が、贅沢《ぜいたく》なことなのかな？

ある程度の「自由」と「安心」と「安全」を手にしているから——、だから、こんな余計なことを考えてしまうのかな？

考えるだけの余裕があるってことなのかな？

○○　○○　○○

午後になると黒雲が空を埋め尽くし、路地は陰鬱な空気で満たされた。

ボクは黒猫の家の庭にある大きな樹を、ひとりぼんやりと眺めていた。

その樹は、パンジーと違って葉っぱが一枚もない。

でも、よく見ると、細い枝には小さな芽がびっしりとくっついていた。

家の屋根に枝が重なるほど大きな樹なのに、その芽は、パンジーのつぼみよりもずっとずっと小さい。

あの小さな芽が、すべて花になるのかな？

もし、そうだったら、満開の頃はすごいことになりそうだ。

なんとなく、そんなことを考えていたら――。

ギャァァァァッ！

いきなり路地のどこかで悲鳴とも怒声ともつかない声が弾けた。

ボクは身体ごと下を向いて、樹の枝から路地へと視線を落とした。

すると、路地のちょうど真ん中あたりに二匹の猫の姿があった。

手前にいるのは黒猫だ。

黒猫は、黄土色っぽい縞々《しましま》の毛柄の、いわゆる「茶トラ猫」と対峙《たいじ》していた。

細くしなやかな身体をした黒猫とは違い、茶トラの身体はふた回りほど大きく、でっぷりと太っていた。

ヴヴヴヴヴヴヴヴ。

怒気をはらませた唸《うな》り声で相手を威嚇する黒猫は、尻尾と背中の毛を逆立てて、いまにも飛びかかりそうに見えた。

でも、すぐには行かず、お互いの鼻がくっつきそうなくらい茶トラに近づいて、ひたすら唸り続けていた。

一方の茶トラは、それを余裕で受けて立つような、何ともふてぶてしい態度で、ときどき、思い出したように低い唸り声を上げるだけだった。

黒猫の怒り。

ひりひりするような一触即発の空気――。

安全な二階のアパートの部屋から覗き見をしているボクの胸まで苦しくなってくる。

すると――、

ギャアォッ！


目にもとまらぬ速さで、黒猫が飛びかかった。

瞬時に黒猫を受け止めた茶トラは、しなやかな黒い身体に抱きつくように前脚を使い、くるりと体勢を入れ替えた。

上になったのだ。

怒声を上げながら、お互いの爪で引っ掻《か》き合い、そして、牙《きば》を立て合う。

乾いて白茶けたアスファルトの上を、絡まり合った二匹の猫が勢いよく転がった。

そして、パッと離れた。

しかし、二匹は距離を取らなかった。

ふたたび鼻先と鼻先が触れ合うほどの距離で睨《にら》み合い、唸り声で威嚇しはじめたのだ。

茶トラの声は、低く嗄《か》れたようなダミ声で、いかにも野良猫らしい迫力があった。

少し後ずさった黒猫が、身体を斜めにし、右の前脚を上げて、隙あらば攻撃をしようとしていた。

ヴヴヴヴ……。

茶トラは低く唸りながら、次の攻防に備えている。

黒猫が前脚をほんのわずか動かした刹那――。

今度は茶トラから飛びかかった。

ギャアオォォォ！

ギャァァッ！

お互いの首を抱きかかえるような格好で、二匹の身体がもつれ合い、アスファルトの上で何度も跳ねた。

動きが止まったとき、茶トラの身体は下になっていた。

でも、攻撃を受けているのは黒猫の方だった。

茶トラの前脚に頭を抱きかかえられ、顔のあたりに嚙みつかれたまま動けなくなっていたのだ。

ギュゥアァァ……。

黒猫が苦悶《くもん》の声をもらした。

茶トラは、ほんの一瞬だけ嚙んでいた口を離した——と思ったら、すぐに嚙みつき直した。

ギャッ！

黒猫の悲鳴。

かつてボクが味わった金魚のいじめなどとは、まったく比較にならない激しい喧《けん》嘩《か》を目にして、ボクの心臓は恐怖で縮みあがりそうになっていた。

でも、ボクは、ほとんど我を忘れて応援していたのだ。

頑張って。

負けないで。

絶対に。

黒猫。

ひとりぼっちでも気高くて
誰にも媚《こ》びないボクの友達。

ガラスの外の世界を悠々と闊歩《かっぽ》する
どこまでも自由なキミだけは
何があっても守り抜いてよ。

キミの居場所を——。

金魚鉢のガラスに口を押し付けながら、ボクは心のなかで必死に黒猫に声援を送り続けた。

ギャアアアアオォォッ！

しばらく押さえつけられていた黒猫が、身体を強引にひねりながら四つの脚をバタつかせ、鋭い爪を茶トラに浴びせかけた。

ふたたび距離を取った二匹。

そして、すぐに鼻をくっつけ合う。

睨み合いの時間は、どんどん短くなっていった。

剣呑《けんのん》な唸り声を上げたのとほぼ同時に、黒猫が大きな相手に飛びかかる。怒号とともに引っ掻き合い、噛みつき合い、取っ組み合いながらアスファルトの上を転がった。

どちらの猫も、相手の顔か首を狙って攻撃を繰り返していた。

本気で致命傷を与えようとしているのだ。

黒猫と茶トラは、それから、何度も、何度も、もみ合っては離れ、を繰り返した。

繰り返すたびに、少しずつ黒猫が劣勢になっていくのがボクにもわかった。

やがて、取っ組み合ったまま転がった黒猫の背中が、ブロック塀の下に押し付けられた。

その刹那――。

ヴギャッ！

これまでと少し違う声が上がった。

悲鳴を上げた黒猫の四肢が無茶苦茶に暴れ出す。

でも、茶トラは力任せに押さえつけたまま、黒猫の顔のあたりに嚙みついていた。

さらに茶トラは、しっかりと爪を立てて黒猫を組み敷き、あらためて顔に嚙みつき直した。

ふたたび嫌な悲鳴を上げた黒猫が暴れ、後ろ足の爪を茶トラの顔に突き立てた。

ようやく、二匹は離れた。

ヴヴヴヴッヴヴゥ……。

茶トラが唸り、じりじりと距離を詰めていく。
黒猫はゆっくりと後ろに下がりだした。

黒猫、負けないで。

ボクは心で叫んだけれど、でも、次の瞬間、黒猫は茶トラから顔をそむけてしまった。

そして、二匹はそのまま数秒間、じっとしていた。
茶トラだけが唸り声を上げ、威嚇を続けている。
よく見ると、塀の下のアスファルトに、いくつかの小さな黒いシミができていた。
あれは、なんだろう……。
ボクが目を凝らしたそのとき、黒猫はさっと身を翻し、壁に沿って走り出した。

逃げたのだ。
いつだって気高い、あの黒猫が。

すぐに茶トラは怒声を上げて後を追った。

しかし、黒猫が素早く跳躍して塀に飛び乗り、向こう側へ消えたのを確認すると、追う足を止めた。そして、しばらくの間、黒猫の消えた塀の上を睨んでいた。

路地に、いつもの静けさが戻った。

空も、いつものように冬晴れで、世界はいつものように退屈な風景で満たされた。

いつもと違うのは、アスファルトの上を悠々と歩いているのが黒猫ではなく茶トラだということ。それともうひとつ、塀の下のアスファルトに、黒猫の流した血が黒いシミを作っているということだった。

茶トラは、ボクの視線に気づかないまま、悠然と路地の真ん中を歩きながら遠ざかっていく。

ときどき足を止めて後ろを振り向いたけれど、逃げ出した黒猫はもう姿を現さなかった。

ボクの心は空っぽになり、身体から力が抜け落ちていた。

それでも金魚鉢のなかをゆらゆら半周だけ泳いだ。
路地から目を背けたかったから。
そして、丸い金魚鉢のなか、ボクは無意識に探していた。
あるはずのない「角」を。

トマドイ――ユキ

夜、イズミはよく本を読んでいる。

いつだって読みかけの本があって、少しの暇さえあればページを開いているような読書家だ。イズミがいつもかけている鼈甲柄の縁の眼鏡は、そのためにあるのではないかと思うくらいだ。

でも、ここ最近は、決まった時間になるとテレビを観《み》ることが多くなった。とりわけ、ドラマを好んで観ている。

イズミが読書からドラマへ流れつつある理由は、ボクにも想像がついた。もちろん、紺色の大きな傘を持っている前田さんに影響されているのだ。

イズミがよくテレビを観るようになったのは、ボクにとっては嬉しいことだった。本だと、イズミひとりしか愉しめないけれど、テレビだったらボクも一緒に観られるから。

テレビ画面のなかには、ボクの知らないめくるめく世界が次々と映し出される。そして、それを観ているうちに、ボクは昼間のイズミが、どういう場所で、どんなことをしているのか、ある程度まで想像できるようになってきた。

想像は、世界を無限に広げてくれる素敵な道具なのだ。

今夜も、イズミは本を読んでいた。

でも、壁の時計をちらりと見ると、そっと本を閉じ、テレビのスイッチを入れた。そして、こたつの上に両肘をのせ、手のひらで頬をはさむような格好でドラマを観はじめた。

その物語は、会社で働いている若い男女の恋愛ものだった。

ちょうどイズミと同い年くらいの人たちが、それぞれの悩みを抱えながらも、都会暮らしと仕事と恋愛を謳歌《おうか》しようと必死になっているのだけれど、これが、観ていてじれったくなるほどに上手くいかない。

登場する人のなかには、とても意地悪な人もいれば、やさしくて健気《けなげ》な人もいる。そして、主人公の女性はいつだって損な役回りで、悲しい目にばかり遭っていた。

それでも、ひたすら明るく振舞っているから、思わず応援したくなってしまう。

イズミはとても泣き虫だ。

本を読んでいるときも、テレビドラマを見ているときも、物語にのめり込んでは、気づけばティッシュを引き抜いて、眼鏡の下からまぶたに押し当てている。

イズミがドラマを観て泣いているとき、たいていボクも「泣きたい気分」になっていた。

でも、ボクはイズミと一緒に泣くことはない。

金魚のボクは、声も出せなければ、一粒の涙すらこぼすこともできないから。

もしも、神様が粋ないたずらをして、涙をプレゼントしてくれたとしても、ボクが流した涙は透明な水と同化するだけで、イズミはもちろん、誰にも気づかれることはない。

それでも――、イズミと一緒に泣けたなら、それだけで……。

そんな風に考えてしまうときも、ある。

想像は無限だけど、考える内容によっては、自分の内側を傷つけるから、ルールには注意しなくてはいけない。

今日のドラマは、やたらと悲しいシーンが多かった。

イズミは目の周りが真っ赤になるほどに泣いた。

ボクもいろんな意味で胸が苦しくなって、泣けないなりに幾度もため息をこぼした。

ぷく。

イズミはなぜかラブシーンが苦手なようだった。

そういうシーンになると、決まってテレビ画面から視線をそらす。そして、それが終わると再び身を乗り出してドラマの世界に没入していくのだ。

今夜も、ドラマが終わると、イズミはティッシュで涙を拭《ふ》き、洟《はな》をかみ、風呂に入った。

ボクは無人になったリビングで、ドラマの余韻を味わいながらゆらゆらと泳いだ。

登場人物をイズミに置き換えながら物語を反芻《はんすう》すると、余韻はいっそう強くなり、そして、ちょっぴり物悲しくもなった。

現実のイズミが日々、どこで、誰と、何をしているのか――、それを知り得ない自分と向き合うハメになったから。


しばらくすると、こたつの上に置いてあったスマートフォンが振動しはじめた。

ボクは、それを予期していた。

毎回、ドラマの後には電話がかかってくるのだ。


相手はもちろん、前田さん――。


イズミをご機嫌にしてくれる人であり、イズミとボクの距離を遠くする人。

電話のコールは数回で切れた。

やがて長風呂をしたイズミがパジャマ姿でリビングに戻ってきた。そして、スマートフォンの着信履歴に気づいた。

イズミは小さな液晶画面を見下ろしながら、口角を少し上げると、満ち足りたように「ふう」と息を吐いた。

でも、すぐに電話をかけ直すことはしなかった。

そそくさと髪を乾かしたり、歯を磨いたりして、布団に入るための準備をしはじめたのだ。


その準備が整うと、イズミが出窓に近づいてきた。

「ユキちゃん」

イズミはとても穏やかな表情をしていた。

ボクは、ほとんど反射的に長い尾びれを振って、イズミに向かって泳いでいく。

すぐに、コツン、と口がガラスにぶつかった。

それでも尾びれの振りを止められない。


イズミ。

イズミ。

「今夜は月が出てないねぇ」

そう言ってイズミは、人差し指で金魚鉢のガラスに触れた。

ボクは、イズミに触れたくて——、せめて、近づきたくて、白い指先に向かって泳いだ。必死に。

でも、冷たいガラスの壁は、ボクとイズミとの距離を、決して埋めさせてはくれない。

「うふふ。ユキちゃん、おやすみ」

やわらかな声色が、冷たい水のなかにまですうっと沁みてきた。

イズミの声が発する微細で神秘的な振動は、ボクの全身を溶かして赤い水にしてしまいそうだった。

おやすみ、イズミ。

イズミが出窓に背を向けて、部屋の照明を落とした。

ふわふわした分厚い布団に潜り込む。

そして、仰向《あおむ》けのままスマートフォンを操作しはじめた。

薄闇のなか、スマートフォンの青白い光がイズミの横顔を浮かび上がらせていた。

プルルル、と電子音が響く。

「あ、もしもし、前田さん？」

イズミが、いつものように彼の名前を口にした。

と思ったら、思いがけないことが起きた。

「こんばんは——っていうか、太陽《たいよう》でいいってば」

はじめて聞く、前田さんの声——。

イズミのスマートフォンのスピーカーから、直接、声が聞こえてきたのだ。

「あ、そうだった。ごめんなさい……、太陽さん」

おもはゆそうに言ったイズミは、枕元にスマートフォンをそっと置いた。そして、
言葉を続けた。

「あ、ドラマ、観ましたよ」

「今回も面白かったよね」

「はい」

「原作の小説も面白かったから、俺、すごく期待してたんだよね」

「ドラマも原作通りなんですか？」

「うーん、そのまんまってわけじゃないけど。でも、本筋はだいたい一緒かな」

「そっかぁ。太陽さんのお気に入りなら、わたしも原作を読んでみようかな」

「お、読む？」

「はい」

「じゃあ、貸してあげるよ」

「え、いいんですか？」

「もちろん」

「ありがとうございます」

イズミは、布団のなかで身体を転がし、横向きになった。そして、枕の横にスマートフォンを置き直した。

薄闇のなかで無機質な光を放つ四角い道具を、イズミはまるで宝物でも見るようにうっとりと見つめていた。

「あ、そうそう。主役の妹役のマミだけどさ、ちょっとイズミに似てるなぁって思ったんだけど」

「え……」

「似てるって言われたことない？」

「まさか。ないですよ」

「そっかぁ。絶対似てると思うんだけど。横顔とか、とくに」

「横顔……」

「うん」

「自分では、よくわからないです」

「まあ、自分の横顔って、あんまり見ないもんね」

「ですよね」

「あ、そういえばさ」

太陽さんが、ふいに声のトーンを変えた。

「はい？」

「イズミが言ってた例の人、最近、どうなの？」

「あぁ、あの人は……」イズミはいったん口を閉じ、言葉を選ぶようにして続けた。

「なんていうか、相変わらずです」

「しつこいまま？」

「そっかぁ。話しかけられて迷惑をしているってこと、伝わらないのかな？」

イズミは、少し困り顔をしてから微笑んだ。

「大丈夫です。悪い人じゃないので、たぶん」

「そうなの？」

「たぶん、ですけど」

「俺、ちょっと心配なんだけど」

イズミの頬が少しだけ緩んだ。

「わたしは、大丈夫ですよ」

「ほんとに？」

「心配だったら、どんな人か見に来ます？」

「マジ？　じゃあ俺、いっちゃおうかなぁ」

太陽さんの声に冗談めかした明るさが乗った。

「あ、やっぱ、駄目です」

「えー、なんでぇ？」

「まあ、はい」

そんな感じで、ふたりはふわふわとしたしあわせそうな会話をいつまでも愉しんでいた。

一方のボクはというと、ふたりの軽妙な会話とは裏腹に、呼吸を忘れたように呆然としていたのだった。

前田さん、から、太陽さんへ――。

大きな紺色の傘の人の呼び名が変わった。

ボクはそのことに驚いて、息を詰まらせていたのだ。

イズミが口にする相手の名前が変わるということ。それはつまり、ふたりの「関係性」が変わったということだろう。

ボクは、相変わらず「ユキちゃん」のままなのに。

夏祭りの夜、イズミにはじめて「ユキちゃん」と呼ばれた瞬間の、あの震えるような感覚を思い出す。

それは「関係性」が変わるときにのみ味わえる、とくべつな感動だった。

イズミと前田さんから――、

イズミと太陽さんに。

ふたりの間は、どう変わったの？

ぷく……。

薄闇のなか、青白く光るスマートフォンをやさしい眼差しで見つめながら、ゆっくり、穏やかに、言葉を発しているイズミ。

ボクは湿っぽいため息をこぼしていた。

そして、心のなかで語りかけた。

ねえ、パンジー。

語りかけながら鉢植えの方を向いたとき――。

えっ……。

思わずボクは、身体のすべてのひれの動きを止めていた。

いつの間にか、これまでずっと固く閉じたままだったパンジーの赤いつぼみが、ふっくらと膨らんでいたのだ。

そうか――。

変わろうとしているんだ。

パンジーも。

ボクは……。

止めていたひれを静かに動かして、窓越しに夜空を見上げた。

大好きな月も、星さえもない――、ただ黒いだけの広がりが、のっぺりと世界を覆っていた。

変わっていく人。

変わっていく植物。

何も変えられない金魚。

ボクは、イズミのように誰かの名前を呼んであげることもできなければ、パンジーのように自らの姿を変えることもできなかった。もちろん、月のように凛と輝いて、世界を等しく照らし出すことも……。

ふと、黒猫を思い出した。

最後は逃げてしまったけれど――、あの日の黒猫みたいに命がけで戦うことすらボクにはできない。つまり、「負けること」すらできないのだった。

イズミから一方的にプレゼントされる言葉と行動。

ただそれでしか自分の存在と存在意義を確かめることができない、ガラスのなかののろまな魚。

そのことを思ったら、やたらと心許《こころもと》ないような現実が、ボクを緩い力でじわじわと締め付けてくる気がした。

勝つことも負けることもできず、受け取るだけで与えることができないまま、ひたすら続いていく未来――。

その茫洋《ぼうよう》とした未来を自力では変えようがないことに思い至ったとき、ボクはかすかなめまいを覚えていた。そして、背骨からするりと力が抜け落ちてしまった。

脱力したボクは水面に向かって、ぷかぁ、と浮き上がっていった。まるでため息の小さな泡みたいに、ゆっくり、ゆっくり、浮かんでいったのだ。

浮上しながら思い出した。心から血を流し続けていた「角」の日々を。戦う勇気さえあれば、少なくとも「負けることができた」養魚場での日々を。

まるくて、硬くて、安心で、冷たくて、きれいで、無慈悲で、やさしくて、光を通し……、そして、圧倒的にボクをひとりぼっちにするガラスのなかで。

枕元に置いた無機質な四角い光——太陽さん——に向かって、しあわせそうに話しかけるイズミ。

月のない夜空の広がり。

涙を流せないボクの目は、物言わぬパンジーを見つめるためだけに存在していた。

○○　○○　○○

翌日——。
ちょっとした「事件」が起きた。

夕方、いつもの時刻にイズミが路地の奥に姿を現し、そしてコーヒースタンドの窓でいつものようにコーヒーを買った。そこまでは、いつも通りだった。

しかし、そのあと、店内からひょろりと背の高い青年が飛び出してきたのだ。

見慣れない私服を着ていたから、最初はわからなかったけれど、その青年は、ときどきイズミを見送っている、あの茶色いキャップをかぶった「ツイてない店員」だった。

店員はイズミを呼び止めて、何事かをしゃべりかけた。

しかし、イズミは、右手を前に出して制止するような仕草をしながら、首を横に振った。

それは明確な、ノー、のサインに見えた。

それでも店員は身振り手振りを交えながら、さらに言葉を続けた。

イズミは右肩にバッグをかけ、左手にコーヒーの入ったカップを持っていた。その状態で、一歩一歩、後ろへと下がりながら路地に入ってくる。

そのイズミに、にじり寄る店員。

やがてイズミは半身を後ろに向けるように斜めにして、店員と話し合いながら、アパートへと近づいてきた。店員は、ボクのいる出窓を指差すと、ゼスチャーをいっそう大きくしながら何かを言っていた。それに対してイズミはふたたび首を横に振った。

おそらく、店員はこの部屋に入りたがっていて、それをイズミが拒んでいるのだろう。二人のゼスチャーを見ていれば、なんとなく分かる。

やがて二人は出窓のすぐ下にまでやってきた。

店員は腕組みをして、少し強い口調でイズミを説き伏せようとしていた。対するイズミは、ひたすら困ったように首を横にふり続けている。

もはや「言い争い」に近い様相を呈してきた。

と思ったら、店員が強引にイズミの横をすり抜けようとした。そしてそれを止めようとしたイズミに、店員がぶつかった。

そのとき、イズミが手にしていたコーヒーのカップが地面に落ちてしまった。

二人は、固まったように足元を見た。

アスファルトの上にこぼれた黒い液体。

イズミが悲しげな顔で何かを言い、店員が言葉を失った。

すると店員は、ちょっと待ってて、とでも言うような仕草をしてみせると、駆け足でコーヒースタンドへと戻っていった。

その隙にイズミは階段を駆け上がり、部屋に飛び込んできた。そして、すぐさま内側からドアの鍵を掛けた。少し荒くなったイズミの息遣いが玄関から聞こえてくる。

靴を脱ぎ、この部屋に入ってきても、いつもみたいに「ユキちゃん、ただいま」とは言ってくれなかった。

それどころか、ボクのいる出窓の近くまでくると、さっとカーテンを引いて外の景色を遮ったのだ。

照明すら点けずに、イズミは部屋の隅にへたり込んだ。

チ、チ、チ、チ、チ……。

イズミがいるのに、壁掛け時計の秒針の音が暗がりのなかを舞いはじめた。

それから少し経つと、ボクの予想どおり部屋のチャイムが鳴った。

「コーヒー、淹《い》れ直してきたから……」

低く抑えた店員の声。ドア越しのせいか、ちょっとくぐもって聞こえた。

イズミは暗い部屋の隅っこで両膝を立てて座り直した。壁に背中をあずけ、放心したような目でボクの方を見ている。

店員はその後も何度かチャイムを押し、外から声をかけてきた。

「ほんと、ごめん。俺、すぐに帰るから。だから、コーヒーだけでも……」

イズミはまるで置物のように固まっていた。

アパートの他の住人に気を遣ったのだろう、店員はチャイムを鳴らすのをやめた。

そして、最後にこう言った。

「冷めちゃったけど、コーヒー、ドアの前に置いておくよ」

外階段をとぼとぼと降りていく店員の足音。

それが聞こえなくなったとき、ふたたび時計の秒針の音が暗闇のなかを舞いはじめた。
チ、チ、チ、チ、チ、チ……。
店員が帰ってくれたことで、それまでボクの内側で張り詰めていた緊張がほどけた気がした。

ぷく……。

ほとんど無意識にボクはため息をこぼしていた。

壁に背中をあずけたまましっとしていたイズミが、すうっと肩で息を吸った——と思ったら、両手で自分の口を押さえた。

え……。

イズミ？

異変に気づいたボクは、慌ててイズミの方へと泳ぎ出した。

すぐに、コツン、と口先がガラスに遮られた。

イズミの両手の隙間から、押し殺した声が漏れ出した。

「んんー、んんんー、んんんんー」

嗚咽《おえつ》――。

声を閉じ込めようとすればするほどに、その響きは哀《かな》しみを深めていった。ボクの心もその響きに共振して、哀しみでいっぱいになってしまった。

真っ暗なこの部屋はまるで「黒い水」のなかに沈められた四角い水槽みたいだった。

イズミはいま「角」で泣いていた。

ひとりぼっちで。

無力なボクは、相変わらず無力なまま冷たいガラスに跳ね返され続けていた。

。。。


翌日は、天気がいいのに風が強かった——。

その日もボクは退屈と戦いながら、なるべくぼんやりと半日を過ごした。

朝、イズミにもらった餌も、半分近く残してしまった。余った餌を放っておくと水が汚れてしまうけれど、あまりお腹が減らないのだから仕方がない。

コーヒースタンドの店員は、仕事を休んでいるようで、朝からずっと姿を見かけなかった。

夕暮れ時になると、強かった風がぴたりとやみ、狭い路地にパイナップル色の空気が満ちた。

真冬だというのに、なんだか暖かそうに見えるのが不思議だった。

ふいに、塀の上で何かが動いた気がした。

ボクはひれを動かして、のろのろとそちらを振り向いた。


黒猫!


思わず心で叫んでいた。

ようやく姿を見せてくれた黒猫は、パイナップル色の夕照を浴びて、美しい背中の毛並みをつやつやと光らせていた。

でも、なんとなく……、いつもの黒猫とは違って見えた。毛並みはとてもきれいなのに、背中に、あの凜とした気高さを漂わせていない気がしたのだ。

ボクの気のせい?

それとも、喧嘩の敗北を引きずっているの?

美しい背中をじっと見ていたら、視線を感じたのか、黒猫はおもむろにこちらを振り向いた。
そして、その顔を見たとき──、
ぷく……。
ボクは凍りついていた。
右目が。
潰《つぶ》れてる。
昼間は黄金色に艶めき、夜になるとエメラルドグリーンに輝く、あの美しい目が……。
茶トラに顔を噛まれたときの断末魔のような悲鳴がボクの脳裏でリアルに再生された。
黒猫……。

光を失い、白濁してしまった宝石は、中途半端に閉じられたまぶたの奥で異物のように見えた。

塀の上から、残された左目ひとつでボクをじっと見つめる黒猫。

怨嗟《えんさ》と悲哀をまとったひとすじの視線は、怖いほどに冷たくて、強くて……、あっけなく中心を射抜かれたボクは、串刺しになった心を凍りつかせたまま、ただエラだけを静かに動かし続けていた。

黒猫が、小さく口を開いた。

ボクに何かを告げたのだ。

でも、遠すぎて、彼の声は金魚鉢のなかまでは届かなかった。

だから、ボクはすくんだようにじっとしていた。

反応のないボクに失望したのか、黒猫は淋しげに視線を外し、塀の上から路地のアスファルトへと降り立った。そのときの動作が、少しぎこちなかった。目がひとつだけになってしまうと距離感がつかめないのだろうか。

こんな状態で、また、あの茶トラと出くわしてしまったら……。

考えると、胸のなかが重たくなってくる。

黒猫は、ボクにお尻を向けて、塀の下に寝転がった。そのすぐそばには、黒猫からしたたった血液のシミがうっすらと残っている。

黒猫の長い尻尾。

その先端だけが動いた。

退屈そうに、とん、とん、とアスファルトを軽く叩いているのだ。

そのとき、路地に人影があることに気づいた。

イズミ。

ほんの一瞬、黒猫はぴくりと背中で反応したけれど、近づいてくるイズミを値踏みするようにじっとしていた。

今日のイズミは、いつもより歩幅が狭く、なんとなく背中を丸くしているようにも見えた。

そんな違和感を覚えつつも、ボクの長い尾びれは、ほとんど自動的にひらひらと動いてしまう。まだ、ずっと遠くにいるイズミを見下ろしながら、イズミへ、イズミへと身体が進んでしまうのだ。

コツン。金魚鉢の丸くて冷たいガラスの壁に鼻先がぶつかる。

ここから先は、もう、一ミリだって前に進めない。

そのことは頭でも身体でも重々知っているはずなのに、ボクの尾びれは勝手に動き続ける。


とぼとぼ歩いてくるイズミと黒猫の距離が近づいた。

用心深い黒猫は、すっと四本脚で立ち上がった。

すると、思いがけないことに、黒猫とは逆にイズミが膝を折ってしゃがみ込んだのだ。

そして、そこから先は、ドラマのクライマックスをスローモーションで見ているようだった。

パイナップル色の路地のまんなか。

至近距離で見つめ合うイズミと黒猫――。

イズミの横顔の口が動いて、右手をそっと差し出した。

少しの間、不思議そうにその手を見ていた黒猫は、おずおずとイズミの白い指先の匂いを嗅ぎ、ころりと地面に横になった。そして、やわらかそうなお腹をイズミにさらしたのだ。

イズミは小さく微笑むと、しゃがんだままさらに黒猫に近づいた。

アスファルトに背中をすりつけ、甘えたような仕草を見せる黒猫。

みゃあ。

ボクには聞こえない鳴き声。

イズミの白い手が、さらに伸ばされた。

そして──、

触れた。

美しい黒猫の毛並みに。

白い手と、黒い毛。

イズミの手が、黒猫のお腹や背中を撫でまわした。

やさしく。やさしく。

無防備に寝転がり、されるがままの黒猫。

イズミはもう一歩近づいて、顎《あご》の下も、頭も、首も、丁寧に撫でていく。

やさしいパイナップル色の風が吹いて、イズミの髪の毛をさらさら揺らす。

少し顔にかかった髪の毛を耳にかけ、ボクに横顔を見せるイズミ。

あれ?

泣いているの?

微笑んでいるの？

ボクにはイズミの表情が読み取れなかった。

それより何より、ずっとずっと憧れていたイズミの白い手が――、ボクを夏祭りの水槽からすくい出し、毎日ボクに餌をくれて、ガラス一枚の距離まで近づけるのに決して触れることのできなかった白い手が――、いま、気高さを失った黒い毛並みに触れていた。

黒猫が起き上がった。

尻尾をピンと立て、しなやかな歩みで、しゃがんだイズミの脛《すね》に黒い身体をこすりつけた。

みゃあ。

甘えているのがボクにもわかる。

イズミは背中を丸め、いっそう心を込めた様子で黒猫の背中を撫で、顎の下を撫でた。

たっぷり、たっぷり、たっぷり、撫でてもらった黒猫は、それでもまだ足りないとでもいうのだろうか、ふたたびアスファルトに寝転がって、イズミにお腹を見せた。

みゃあ。

ボクには届かないはずの黒猫の声。

ねえ、もっと撫でて——。

黒猫は、寝そべったまま身体をくねらせた。

イズミは、そんな黒猫を慈しむように撫でた。

地震のときに金魚鉢を抱えてくれた、あのやさしい手で。

何度も。何度も。

いつまでも撫でた。

ボクは心に毒でも流し込まれたような気分を味わいながら、じっとしていた。

エラはしっかり動いているのに息苦しかった。

金魚のボクには、できることなど何もない。
ただ、ひとり、惚《ほう》けたように、ぼんやりと、イズミと黒猫の様子を眺めているだけだった。

と、その刹那――。

仰向けのまま、黒猫がこちらを見た。
片方だけの目が、確実にボクを捉えていた。
イズミにやさしくお腹を撫でられながら。
黒猫は、とても満足げにボクを見ていたのだ。
ボクの身体から、すべての力が抜け落ちた。

そうか……。
あれが、
ガラスの外で生きるということなんだ。

黒猫と茶トラの喧嘩を憶った。
必死に応援していたときの心の痛みも、苦しさも、リアルに思い出した。
そして、黒猫が逃げ出したときの絶望感も——。

満足げな黒猫が、ボクから視線を外した。
寝転がったままイズミを見上げ、甘えるように口を開く。
白い手が、黒い毛並みの上を這い回る。

雨よ、降れ。
黒猫が嫌いな雨よ、降れ。
いますぐに。
大きな紺色の傘はいらない。
イズミも一緒に濡れてしまえ。
生まれてはじめて、心で呪詛《じゅそ》を叫んだその夜——。

イズミは枕に顔を押し付け、ひとりで泣いていた。

その様子を見詰めながら、ボクも冷たい水のなかで泣いた。

雨が降ったのは、結局、ボクの心のなかだった。

しかも、それは、黒猫よりも黒い雨だった。


そんなボクのすぐ隣で、ふわりとほころんだ真紅。


泣いているイズミは、ボクに似た花びらには気づかなかった。

ボクの目からは、相変わらず涙が出なかった。

コーヒースタンドの店員は姿を見せず、イズミを慰めてくれそうな太陽さんからの電話もなかった。

呪詛にまみれた空っぽな世界で、月のない夜が音もなくじりじりと深まっていった。

シセンノサキニ――ユキ

翌朝は、小鳥の声で目を覚ました。

窓ガラス越しに明け残った空をなんとなく見上げると、少し怖いくらいに神聖な感じの紫色が広がっていた。

空の真ん中あたりには、いまにも消え入りそうな小さな星がひとつ、チリチリと心細そうにまたたいている。

ボクは、ふと、昨夜のことを思い出して嘆息した。

ぷく……。

とはいえ、少し眠れたせいか、昨夜ボクの心をひたひたに満たしていた悲しみの絶対量は、半分ほどに減っている気がした。

じゃあ、心に空いた分のスペースには、何が入ったのだろう？

よくわからないけれど、でも、きっとそこに入ったものは、しあわせではなく、安堵でもなく、平常心ですらなくて、むしろ淡い淋しさをまとった虚脱感のようなものだった。

また、どこかで小鳥の声がした。

路地を見下ろしても、家々の屋根を見ても、電線にも、黒猫のお気に入りの塀の上にも、小鳥たちの姿はなかった。

四角い窓枠で切り取られた、小さなボクの世界――。

そのすぐ外側で、小鳥たちはさえずっているのだろう。

仕方なく、ボクはまた空を眺めた。

神聖な紫色の「奥行き」を憶いながら。

早朝の空はドラマチックだった。

みるみる色彩を変えていくのだ。

ついさっきまで怖いくらいに神聖だった紫色が薄れて、おだやかな赤紫へ。おだやかな赤紫は、心細そうにまたたいていた小さな星を飲み込んで、少しずつ薄れていった。すると今度は、すべてが赦《ゆる》されそうなやさしい桃色へ。やがて桃色の内側から、まばゆい光の粒子が一気に弾け出して、世界は金色で満たされた。

キラキラした光の粒子は、ボクのいる金魚鉢のなかにも溶け込んで、ドレスのような尾びれが黄色に染められた。

ボクはその尾びれを追いかけるようにくるくると回りながら泳ぎ、世界のきらめきをひとりぼっちで味わった。

金色の空は、あっという間に清々《すがすが》しいレモン色へと変わった。

そして、そのとき、部屋のなかで衣擦《きぬず》れの音がした。ふかふかの布団にくるまったイズミが目を覚ましたのだ。

イズミは布団のなかでころりと身体を横にすると、まぶしそうな目でこちらを見た。

ボクと視線が合った。

いつもだったら、無意識にイズミに向かって泳ぎ出してしまうボクなのに、この朝は、ドレスのような尾びれが動き出すことはなかった。

ボクは、ゆらゆらと金魚鉢のまんなかあたりでたゆたっていた。

泣き腫《は》らした目。

枕の上にこぼした小さなため息。

イズミにはまだ見えていないみたいだ。

朝の光を浴びて微笑んでいるパンジーの真紅が。

○○○

布団から這い出したイズミは、オレンジ色のパジャマの上に分厚いグレーのパーカをはおった。

洗面所で顔を洗い、歯を磨き、ふたたび部屋に戻ってきた。

小さなオーディオを操作して、真綿のようにやわらかなSOTTE《ソット》 BOSSE《ボッセ》の歌声を流す。


そして、そのふわふわした音符にくるまれながら野菜ジュースを飲んだ。

朝食は、それで終わりだった。

やっぱり、食欲がないみたいだ。


今日は仕事が休みなのだろう、イズミはこたつの天板に頬をつけるようにして突っ伏した。

丸まった背中。

まさに「無気力」をそのまま絵にしたような格好だった。

でも、少しすると、何かを思い出したように顔を上げて立ち上がり、そのまま出窓に近づいてきた。

泣き腫らした目が、至近距離からボクを覗き込む。

昨夜はあんなにやさぐれた気分だったのに、正直すぎるボクの尾びれはうっかり動き出していた。

イズミ。

イズミ。

「ふふ」

イズミが笑った。

小さく、儚げに。

「ちょっと待ってね」

イズミの白い指が、傍の缶から餌をつまみ上げた。

薄茶色の細かな粒が、ぱらぱら、と水面に撒かれた。

水に溶け出す美味しそうな匂い。

ボクは本能で餌を食べはじめた。そして、食べながら理性でイズミの表情を見つめていた。

「美味しい？」

イズミが、ぽつりとつぶやいた。

その声色があまりにも儚かったから、ボクの本能は理性に追いやられた。いったん食べるのをやめてイズミの瞳の奥を覗き込む。

このとき、ボクのすべてのひれが動きを止めていた。

すると、水面を向いていたボクの身体がゆっくりと縦に動いた。

上げていた頭が下がったのだ。

「え？」

イズミの目が、かすかに見開かれた気がした。

「ユキちゃん、頷いてくれたの？」

え？

イズミの顔が、かすかにほころんでいた。

笑って――くれた？

たまたま、頭が上から下へと動いただけなのに……。

ボクはぞくぞくして、全身の鱗が総立ちになりそうだった。

偶然とはいえ、はじめて――、
イズミと「会話」ができた！

うん。

ボクは頷いたよ。

答えたんだよ。

「イエス」と言ったんだよ。

心で言いながら、ボクはふたたび身体を縦に動かしてみた。今度はひれをしっかり使って。

でも、気づいてもらえなかったみたいだ。

さっきよりも、ずっとわかりやすく頷いたのに。

「ああ、ユキちゃんと会話ができたらいいのになぁ……」

うん。

うん。

ボクは水面に餌の残りがあることすら忘れて、必死に身体全体を縦に動かして頷いてみせた。

イズミ、気づいて。

ボクは「イエス」を伝えられるんだよ。

でも、イズミが気づいたのは、ボクの頷きではなかった。

「あ……」

イズミの視線は、隣の鉢植えに移っていた。

「咲いた――」

つぶやいたイズミは、薄く開けた唇の隙間から、湿っぽいため息をこぼした。

その理由は、分かる。

ボクにだって、ちゃんと。

昼になっても、イズミはご飯を食べなかった。

代わりに、ボクに話しかけながら二度目の餌をくれた。

「太陽さんに、フラれちゃったぁ……」

えっ……。

コーヒースタンドの店員に怖い思いをさせられ、泣かされたと思ったら、太陽さんにまで？

ボクは餌を食べず、鼈甲柄の眼鏡の奥にあるイズミの瞳を覗き込んだ。

イズミ……。

「はぁ。なんだかなぁ……」

表情から生気が抜け落ちたイズミは、金魚鉢のなか全体を見つめるような目でそうつぶやいた――。

と思ったら、急にハッとした顔をした。

「えっ？」

ん？

「ユキちゃん、お腹が……」

ようやく、気づいてくれた。

ボクの太ったお腹に広がりつつある皮膚病に。

すでにボクのお腹の一部は、ただれて白いコケが生えたようになっていたのだ。

「病気かなぁ……」

イズミの眉尻が、わかりやすいくらいに下がった。

いままで見たことのない、心配そうな表情だ。

イズミが、ちゃんとボクを見てくれている――。

これは、とても、とても、久しぶりの感覚だった。

雪が降ったあの日から、イズミは金魚鉢を覗き込んでも、ボクを見てはいなかった。その視線はボクを通り越して、どこか遠くの誰か――前田太陽さんを見つめていたのだ。

でも、いまは違った。

イズミのやさしい瞳は、ちゃんとボクを見ていた。

「ユキちゃん……」

情けないほど眉をハの字にしたイズミの顔。

ボクを心配してくれている顔。

「大丈夫？」

胸がキュッとなったボクは、胸びれを使って、うん、うん、と全身を縦に動かした。

伝われ。

ボクの「イエス」。

でも、イズミには伝わらなかった。

「最近、水をあんまり換えてあげなかったからかな。ごめんね……」

そう言って、金魚鉢のガラスを指先でチョンチョンと突《つつ》いただけだった。

うん。

ボクはもう一度、全身で頷いた。

けれど、やっぱり「イエス」の想いは伝わらない。

それでも──、とボクは思う。

いま、イズミの心は、ボクに向いている。

だから、ボクは決めた。

ちゃんと「イエス」が伝わって、イズミと「会話」ができるようになるまで、根気よく頷き続けようと。

○○　○○　○○

それから数日経っても、イズミの背中は丸まっていた。

朝夕の通勤時に、いつもの路地を歩くときだって、心なしか歩幅が狭くなっていたし、仕事帰りに寄り道をすることはなくなり、もちろん、お気に入りだったコーヒースタンドにも立ち寄らなくなった。

ときどき、そんなイズミの背中を、茶色いキャップをかぶったコーヒースタンドの店員が、お店の小さな窓の向こうから哀しげな目でこっそり見つめていた。

太陽さんにフラれたイズミは、テレビドラマを観なくなった。だから、かつてのように、こたつのなかでひっそりと読書をしていることが多い。

ときどきスマートフォンを手にしては、気の抜けたようなため息をつく。そして、画面を操作しないままこたつの上にそっと戻す。それを夜毎《ごと》、何度も何度も繰り返していた。

イズミのため息の数が増えると、その分だけ、ボクに話しかけてくれる回数も増えた。見つめてくれる回数も増えた。

ボクは、かつてないほどにイズミと親密でいられた。

すると、お腹の皮膚病も少しずつ小さくなってきた。

そんなボクらを祝福するかのように、赤いパンジーはふたつめの花を咲かせた。

イズミの白い指は、もうパンジーを撫でたりはしなかった。むしろ金魚鉢に指先をチョンと当てて、ボクと遊んでくれるのだ。

パンジーの水やりとイズミのため息は、セットになっていた。
ボクに餌をくれるときには、やさしい言葉がセットになっていた。

イズミは、いま、ボクのものだった。

確実に。
でも――。
本心では、薄々感づいていた。
いまのボクのこの「しあわせ」が、決して「本物」ではないということに。

三章

アイニキタヨ――ユキ

ぐっと冷え込んだ朝。

いつもの時刻にスマートフォンのアラームが鳴った。

手探りで耳障りな音を止めたイズミは、布団のなかからゆっくりと這い出しかけて、その動きを止めた。

ん、どうしたの？

ボクが訝《いぶか》しんで見ていると、イズミは気だるげな動作でふたたび布団のなかに潜り込んでしまった。そして、枕に頭をのせたままスマートフォンをいじり出した。誰かにメッセージでも送っているようだった。

それからイズミは、二時間ほど布団のなかでうつらうつらしていた。眠たげな目でぼんやりと天井を眺めていたかと思えば、すうっと浅い眠りに入り、何度も寝返りを打った。

次にイズミを目覚めさせたのは一本の電話だった。

枕元のスマートフォンを三コール目で手にしたイズミは、画面を見た瞬間にハッとした顔で電話に出た。

スピーカーフォンから聞こえてきたのは、年配の男性の太い声だった。

「もしもし、白土《しらと》ですけど」

「あ……、課長、おはようございます……」

イズミは、いくらか不自然な感じの弱々しい声色を出した。

「メッセージ見たけど、かなり悪いの？」

「ええと……、すみません。なんだか、昨夜から体調が悪かったんですけど、今朝は、それが、さらに……」

イズミは嘘をついていた。

昨夜は、いつもと何ら変わらずに過ごしていたのだ。

「そうか。会社を休むなんて滅多にないから、心配しちゃったよ。風邪かな？」

「たぶん……、熱もあるので」

熱も測ってはいない。

「社内でもけっこう流行《はや》ってるからね」

「……ごほっ」

イズミはスマートフォンに向かって空咳《からせき》をした。

「オッケー。仕事の方はなんとかするから、ゆっくり休んで養生してな」

「はい。すみません。ありがとうございます」

上司は、一ミリも疑いのない声で、「じゃ、とにかく、お大事に」と言って通話を切った。

イズミはホッとしたように息を吐くと、スマートフォンを枕元に戻した。そして、ふたたび仰向けになって天井をぼんやりと見上げた。それから五分と経たずに、イズミはまどろみの世界へと落ちていった。

イズミが寝ていると、ボクは退屈だ。

せめて、出窓のカーテンを開けてくれれば少しは気晴らしにもなるのだけれど。

仕方なくボクは、ぼんやりしながら無為な時間をやり過ごすことにした。

昼頃になると、さすがにイズミも目を覚ましていた。

でも、ほとんど布団から出ようとはしなかった。這い出したのは、わずかに二回。トイレと、水を飲んだときだけだ。それ以外の時間はスマートフォンをいじったり文庫本を読んだりしているか、あるいは、ただ、ぼうっとしているだけだった。

昨日から餌をもらえていないボクは、ずっと空腹なままだ。

○ ○ ○

正午を少し過ぎた頃、友人のチーコから電話がかかってきた。あの夏祭りの夜、イズミと一緒にいた仲良しの女性だ。

「もしもし、イズミ？　大丈夫？」

スピーカーフォンからチーコの明るい声が聞こえてきた。

「うん、大丈夫」

「メッセージ見たよ。イズミがズル休みなんて、珍しいじゃん」

「珍しいっていうか、はじめてだよ……」

「だろうね。イズミは、まじめちゃんだから」

チーコは心配しつつも、あえて軽めの声を出しているみたいだった。

「ねえ、イズミ」

「ん？」

「いまの心の元気度、マックス絶好調を一〇〇としたら、いくつくらい？」

「え、なに、それ？」

「いいから。答えて」

「うーん。ゼ──」と言いかけて、イズミはいったん口を閉じた。そして、あらためて言い直した「十五パーセントくらい、かな」

「あはは。いま、いったんゼロって言いそうになって、それから冷静になったでしょ」

チーコの笑い声に、イズミも釣られてくすっと笑った。

「だって、ゼロだったら、人間、死んじゃうなって思って」

「たしかに」

「…………」

「でも、十五パーセントは、なかなかの低レベルだね」

「まじめなわたしがズル休みするんだから、それくらいだよ、たぶん」

「だよね。ってか、イズミさ」

「ん?」

「今日、ずっと家にいる?」

「え? いる、けど……」

「わかった。じゃあ、わたし、後でそっちに行くよ」

「え、うちに?」

「うん。待ってて」

「チーコ、今週は仕事が忙しいんじゃないの?」

「まあね。でも、なんとかするよ。都合が見えたところでメッセージ送るから」

それから二言、三言、短い言葉を交わして、親しげな二人の通話は終了した。

イズミはチーコからの電話に元気をもらえたのか、スマートフォンを手にしたまま、ようやく布団から這い出した。そして、ベランダのある掃き出し窓のカーテンを開けた。

部屋のなかが一気に明るくなる。

そのままボクのいる出窓にも近づいてきてはくれたけれど、残念ながら、というか、予想通り、カーテンは開けてくれなかった。

「ユキちゃん、おはよう」

イズミは、ちょん、と指先で金魚鉢のガラスをつついた。

ボクはイズミに近づいていき、頷くように身体を縦に動かしてみせた。

いつもの、伝わらない「イエス」。

いつかは、気づいて欲しい「イエス」。

それからイズミは、ボクの餌をひとつまみ水面に撒くと、チーコの来訪に備えてか、部屋のなかであれこれ動きはじめた。

ボクは餌を食べはじめた。

食べながら、水をもらえなかったパンジーをちらりと見た。

分厚いカーテンで光が遮られた出窓では、せっかく咲かせた赤い花も、どこか眠たげに見えた。

○○　○○　○○

チーコがドアのチャイムを鳴らしたのは、夜の八時過ぎのことだった。

「ごめーん、遅くなっちゃったよ」

「忙しいなら、無理して来なくてもいいのに」

言いながらイズミはチーコを部屋に招き入れた。

チーコは、あの夏祭りの夜とは違って、かっちりとした濃紺のパンツスーツを着ていた。少し茶色がかった長めの髪の毛は後ろできゅっと結んでいて、なんだか全体的に凜とした雰囲気を醸し出していた。

一方のイズミはというと、細身のジーンズにゆったりした白いパーカを着ていた。

「他ならぬ親友のピンチだもんね。本当はまだ残業があるんだけど、『得意先に行って、そのまま直帰します』って嘘ついて抜け出してきたよ」

「え……、ほんとに、大丈夫なの？」

「大丈夫――、にする。明日の自分の頑張りに期待」

言って、チーコは悪戯《いたずら》っぽく笑ってみせた。

「なんか、力技だなぁ……」

「ってか、せっかく来たんだから、少しは喜んでよ」

「喜んでるけど心配なの。あと、チーコはやさしいって言ってるの」

「言ってないじゃん、ひとことも」

チーコは、笑いながら肘でイズミの肩をチョンとつつくと、手にしていた白いレジ袋をこたつの上に置いた。

「はい、差し入れ」

「え、なに？」

「なにって——、落ち込んでるときには、もちろんコレでしょ？」

チーコは袋のなかから缶ビールを取り出して見せた。

「お酒？」

「いいじゃん。ズル休みとズル直帰のふたりでさ、みんなが残業してるときにパーっと飲もうよ」

「はあ。やっぱり力技」

イズミは盛大にため息をついて見せたけれど、その目は嬉しそうに細められていた。

「力技じゃなくて、やさしいって言うんでしょ？」

「あ、そうだった」

ふたりでくすくす笑う。

「青い麦――。シドニー＝ガブリエル・コレット。また難しそうな本を読んでるね」

チーコは、こたつの上の本を見て言った。

「え、難しくないよ。ふつうのフランスの女流作家の小説」

「フランスの小説なんて、読んだことないよ」チーコは苦笑して続けた。「ほら。缶詰とスナック菓子も買ってきたよ。イズミ、牡蠣《かき》好きじゃん？」

「あ、うん」

「この缶詰の牡蠣、すっごく美味しいんだよ」

言いながら、チーコがこたつの上におつまみを並べていく。

「ほんとだ。ラベルからして美味しそう」

「でしょ？　赤ワインも、白ワインもあるからね」

「え、そんなに――」

「足りなくなるよりいいじゃん？」

「まあ、ね。じゃあ、わたしグラス持ってくる」

「うん、よろしく」

キッチンへと立ったイズミの頬に、うっすらとえくぼが浮かんでいた。

「あ、金魚」

こっちを見たチーコが立ち上がり、出窓に近づいてきた。

「うん。ユキちゃんね」

「この子、夏祭りのときの？」

「そうだよ」

「まだ元気にしてたんだ」

「大切な同居人だからね」

こたつの上にグラスを置きながらイズミが頷く。

「あのとき、イズミ、どうしてもこの金魚が欲しいって言って、かなり散財したもんね」

「あはは。そうだったよね」

イズミは、ちょっと懐かしそうな目をして笑う。

「ってか、この部屋さ、空気がこもってるから、ちょっと換気するよ」
言うが早いか、チーコが出窓のカーテンを開けて、さらにガラスの窓も開けた。
「ああ、冷たいけど、いい空気」
そう言って深呼吸をしたチーコの背中を、こたつに座ったイズミが穏やかな目で見つめている。

友達って――、すごい。

あんなに鬱々としていたイズミを、チーコはあっという間に変えてしまった。ずっと一緒に暮らしているボクにもできないことを、「友達」は、いとも簡単にやりのけてしまうのだ。

ぷく……。

それからイズミとチーコは、こたつを挟んで座ると、お互いのグラスにビールを注ぎ合った。

「とりあえず——、ズル休みに、乾杯かな？」

「チーコのズル直帰にもね」

「あ、そうだった」

にんまりと目を細め合うふたり。

「あのさ、チーコ」

イズミが、ちょっとあらたまったような顔で言った。

「ん？」

「なんか——、ありがと」

チーコは黙って小さく首を振ると、照れ臭そうに微笑んだ。そして「とにかく、乾杯しよ」と言って、こたつの上にグラスを掲げた。

「うん」

イズミもグラスを掲げる。

「じゃあ、ズル休みとズル直帰に、乾杯」

「乾杯」

コツン。

小さな部屋のなかに、ささやかなしあわせの音が響く。

ふたりは同じ格好をして喉を鳴らした。

やがてグラスを口から離して「くはぁ」と言ったときのイズミの顔は、これまでボクが見たことのないような、とてもくつろいだ笑顔だった。

友達って——。

ぷく……。

お酒を飲みはじめて少し経つと、ふたりはいっそう饒舌《じょうぜつ》になっていき、イズミにつきまとっている男の話題になった。

「しつこい男って、怖いし、苦手」

チーコが言うと、イズミも小さく頷いて応える。

「うん。ときどき、ちょっと怖くなる……」

「その人が格好よかったとしても、わたし無理だわ」

「だよね……」

「イズミさ、下手に相手をすると、気があると勘違いされるから、シカトしなよ。

ちゃんと分かりやすく、冷たく接するの」

「でも……、それはそれで怖くない？」

「なんで？」

「だって、逆恨みされたりとか……」

「逆恨みは……、まあ、怖いか」

「でしょ？」

「そいつ、ほぼストーカーだもんね」

「ストーカーってほどじゃないと思うけど」

「けど？」

「けど——、押しが、ちょっと、強い……」

「それをストーカーって言うんじゃないの？　嫌がってる女子の家に押しかけようとするなんて、ヤバいよ」

「うーん……」

「しかも、ほぼ毎日、会っちゃうわけじゃん？」

「まあね。なるべく顔を合わせないようにしてるけど」

小さく頷いたイズミは、困ったように肩を落とした。

ふたりの会話を聞いていたボクは、水のなかで身体をひねってくるりと半回転すると、カーテンの開いた窓の向こうに視線を送った。

夜の路地はひっそりとしていて、街灯の明かりにぼんやり浮かぶアスファルトが冷たそうに見えた。

突き当たりのコーヒースタンドは、まだ明かりを灯《とも》していた。でも、お店の小さな窓のなかに立って販売員をしているのは、話題のツイてない店員ではなくて、見たことのない中年の女性だった。

ボクは、日々、イズミの背中を見送っていた彼の顔を思い出していた。

この部屋に押しかけようとした男について、ひとしきりしゃべった後、ふと、イズミとチーコの間に小さな沈黙が降りた。

そして、その沈黙を利用して、チーコが切り出した。

「じゃあ、そろそろ、かな？」

訊《き》いたチーコの顔から笑みが消えていた。

「え、そろそろって？」

イズミも笑みを消して、小首を傾げた。

「今日、イズミがズル休みをした理由だよ」

「………」

「あれ？　それを聞いて欲しいんじゃないの？」

「聞いて欲しいっていうか……」

また、小さな沈黙が降りた。

チーコは何も言わず、グラスに少しだけ残った赤ワインをくるくると回した。

「はあ……」

イズミのため息がこたつの上にこぼれる。

「話を聞いて欲しくないなら、わたしがここに来るって言ったとき、断るんじゃない？」

「まあ、それは……」

「十五パーセントって、かなり低いと思うよ」

「………」

イズミは黙ってグラスの赤ワインを飲み干した。

その空いたグラスに、チーコがそっとおかわりを注ぐ。

「でもさ、イズミが言いたくないなら、無理しなくていいよ。っていうか、無理しない方がいいと思う」

チーコの声に労《いたわ》りの色が滲んだ。

「…………」

「悩みってさ、自分のなかに置いておきたいときもあるし、他人に聞いて欲しくなるタイミングもあるからね」

「チーコ……」

「だから、イズミにそのタイミングが来たら、いつでも聞くよ、わたし」

「…………」

「だから、いまは無理しないでいいよ」

そう言ってイズミに微笑みかけたチーコも、グラスの赤ワインを飲み干し、そして、静かに手酌をした。

それから少しの間、ふたりは言葉を交わさなかった。
チ、チ、チ、チ、チ、チ、チ、チ……。

チーコが来てからはじめて、壁の時計が秒針の音を主張しはじめた。

「わたしね――」

ふいに、イズミが、ワインの入ったグラスを見下ろしながら口を開いた。

「ん？」

「チーコにも言ってなかったけど……、ずっと、ひとりだったの」

「ひとり？」

チーコは、わずかに首を傾げた。

「そう。ずっと、ひとりぼっちでいるのが普通だったのね」

唐突な感じではじまったイズミの告白に、チーコは少し困惑しているようだった。

「え、ひとりって、どういうこと？」

「ちょっと、恥ずかしいけど……」

「うん」

「わたし、これまでちゃんと男の人とお付き合いしたことがなかったの」

イズミは、ちらりと視線を上げてチーコを見た。

チーコは何も言わず、ただ静かな目でイズミを見つめていた。

「いい歳して、変だよね……」

「べつに、変じゃないと思うよ」

「そうかな……」

「そうだよ」

イズミはちょっと淋しそうな目で小さく微笑むと、ぼそぼそと続きを口にしはじめた。

「でね、そんなわたしが……、一度でもふたりでいる時間を味わっちゃうと」

「うん」

「いざ、それを失って、ひとりぼっちに戻ったとき――」

チーコは眼差しだけで、うん、と頷く。

「えっと、わたし、なんて言えばいいのかな……」

言葉に詰まったイズミは、小さめの深呼吸をした――、と思ったら、「あれ？なんだろう、わたし……」と、急に半笑いになった。

「え？　ちょっと、イズミ？」

イズミの異変に気付いたチーコは、グラスを置いて少し身を乗り出した。

半笑いだったイズミの顔が歪《ゆが》み、背中がゆっくり丸くなっていった。まるで、咲いていた花がしぼんでいくように。

すぐに、イズミの背中が小さく震えはじめた。

「イズミ」

チーコは立ち上がり、イズミの隣で両膝をついた。

そして、イズミの華奢な背中を抱くようにして、やさしく撫ではじめた。
チ、チ、チ、チ、チ、チ、チ、チ……。
秒針の音が部屋のなかを舞い落ちていく。

ボクは雪の夜の静けさを思い出しながら、イズミの名前を心で呼んだ。

イズミ。

イズミ。

届かない言葉。

泣きやまないイズミ。

「イズミはひとりじゃないよ。わたしがいるから。大丈夫……」

やさしいチーコの、声。

背中を撫でるチーコの、手。

その両方がないボクは、胸の痛みと戦いながら冷たい水のなかを右往左往するばかりだった。

ワタシノヒミツヲ——イズミ

わたしの背中をそっと撫でるチーコの手。

その温度がじんわりと沁みてくる。

チーコのあったかい手は、わたしの心のフタを少しずつ溶かしていった。そして、そのせいで、胸の奥に隠していたウエットな感情が溢《あふ》れ出してしまった。

わたしは両手で口を押さえた。けれど、指の隙間から嗚咽がこぼれ落ちた。

最近のわたしは、なんだか泣いてばかりだな——、と頭の隅っこにある冷静な自分がつぶやく。

「イズミ……」

心配そうにわたしの名前を呼んでくれる、声。

背中を撫でてくれる、手。

心のフタはさらに溶けて、もはやほとんど無くなってしまった気がした。

チーコには、わたしの秘密をバラしても、いい——。

頭ではそう思う。

でも、心に沈殿した澱《おり》の重さが、なかなかそれをさせてくれなかった。

声を殺してしゃくりあげながら、わたしは思った。

ああ、こんなに重たかったんだな、と。

子供の頃から抱えてきたわたしの心の宿痾《しゅくあ》は、こうなるまで自分でも気づかないくらいに重たかったのだ。

ふと、太陽さんの「目」を思い出した。

わたしを隣から見下ろしたときの、恵み深い目。

パンジーをくれたときの、にこやかな目。

恋心をまっすぐに告白してくれたときの、真剣で、でも、ちょっと不安そうに揺れた目。

ご飯を食べて「美味しい」と嬉しそうに言ったときの無邪気な子供みたいな目。

キスをする前の潤んだ目と、した後の照れ臭そうな目。

そして、わたしに落胆したときの、
残念そうな、あの目――。

泣いているあいだ、なぜかずっと太陽さんのいろいろな「目」が脳裏を去来していた。

昔から――、わたしは、わたし自身の「存在そのもの」に自信を持てずにいた。だから口癖のように「わたしなんて」という言葉を発していたように思う。そんなわたしだから、いつもこっそりと太陽さんの「目」を盗み見ては、ふたりの現在地を読み取ろうとしていたのかも知れない。内心、びくびくしながら。

わたしはちゃんと受け入れられているかな？

わたしのことをいまどう思っているかな？

きっと、そうだ。

いまだから、わかる。

太陽さんを失ったあと、わたしがいちばん注意深く心にフタをして閉じ込めておいたのは、わたしに落胆したときの、あの「目」だった。彼の気持ちがすうっと冷めていく様子が、あの「目」の温度によく表れていたから。

そして、いま――、フタを失ったわたしの心は、あの「目」にふたたび出会ってしまった。それがスイッチになって、胸の奥からウエットな感情がとめどなく溢れ出してくるのだ。

「イズミ、なんか、ごめん……」

申し訳なさそうなチーコの言葉に、わたしは泣きながら首を横に振った。

「イズミがこんなになるなんて、わたし、思ってなくて……」

言いながら、チーコは背中を撫で続けてくれている。

「彼氏の愚痴でも聞いてあげられたら、少しはラクになってもらえるかなって――、それで、わたし……」

「うん……」

わかってるよ。そんなこと。

「ごめんね」

チーコの声が少しかすれた。

わたしは、さっきより大きく首を横に振った。

そして、しゃくり上げながらも無理やりに「だい、じょう、ぶ……」と口にした。

すると、わたしの背中を撫でるチーコの手が止まった、と思ったら、今度はその手が、ぽん、ぽん、ぽん、と、穏やかなリズムで背中を叩きはじめた。

誰かにこんなにやさしくされたのって、いったい、いつ以来だろう……。

頭の隅っこでそんなことを考えながら、わたしは鼈甲柄の眼鏡を外し、こたつの上にそっと置いた。そして、傍のティッシュを二枚引き抜くと、びしょ濡れの目元と頬を拭いた。

拭いているそばから新たなしずくがこぼれてくるので、さらにもう一枚ティッシュを引き抜いたとき——。

ぽしゃん。

水が弾けるような音がした。

え？

わたしは、ゆっくりと音のした方を振り向いた。

釣られてチーコも振り向いた。

ユキちゃんの金魚鉢？

よく見ると、不自然なくらいに大きな波紋が水面を揺らしている。

「跳ねたのかな、金魚」

金魚鉢を見ながら、チーコがつぶやいた。

そんなこと、これまでに一度もなかった——。

わたしは、ユキちゃんを見た。

ユキちゃんも、わたしを見ていた。

ユキちゃんは胸びれを使ってゆっくりと頭を下げ、そして、元に戻した。

大丈夫――、と頷いてくれたみたいに。


「元気な金魚だね」

チーコが、わたしに視線を戻して言った。

「うん……」

頷いたわたしは、もう、しゃくりあげてはいなかった。

ふいの水音が、潤んだ感情をシャットアウトしてくれたらしい。

泣き止《や》んだら、喉の渇きを覚えた。

わたしは目の前にあった赤ワインをひと口だけ飲んで喉を湿らせた。

それを見たチーコが、横からわたしの肩を指でつついた。

「こら。泣き止んだと思ったら、いきなり飲むんかい」

冗談めかしたその言い方に、わたしは思わず微笑んでいた。でも、まばたきをしたのと同時に、また、しずくをこぼしてしまった。

「はい」

小さく笑みを浮かべながら、チーコがティッシュを手渡してくれた。その一枚を最後に、ティッシュボックスは空になってしまった。

「ありがと」ティッシュを受け取ったわたしは、「ごめんね、なんか」と言いながら、最後の一枚を目元にあてた。

「わたしこそ、ごめん。落ち着いた？」

「うん」

「金魚のおかげだね」

チーコの言葉に、わたしはユキちゃんを見た。

ユキちゃんは、いつもよりどこかせわしなくひれを動かしながら、わたしを見ている気がした。

「ユキちゃんが跳ねたの、はじめて」

「そうなんだ」

応えたチーコは、ユキちゃんの方は見ず、ずっとわたしの表情を見守ってくれていた。

「ごめんね、チーコ。ほんと、もう、大丈夫」

泣いたことで、気持ちがだいぶ落ち着いていた。

「そっか」

チーコはホッとしたように微笑むと、おもむろに立ち上がり、こたつの向こう側へと戻った。

わたしは、ちゃんと気持ちを入れ替えたくて、あらためて「ふう」と息を吐いた。

それと、まさにぴったり同じタイミングで、チーコが「はあ」とため息をついたので、わたしたちは顔を見合わせてくすっと笑い合った。

笑ったあと、ふたりのあいだに、ちょっぴり疲労感を漂わせたような沈黙が降りた。

わたしは、こたつに両手をついて立ち上がり「ティッシュ、持ってくる」と言って、玄関のそばにあるストッカーから新しいボックスを手にして戻った。

そして、ふたたびチーコに向き合った。

「チーコ」

「ん？」

「ティッシュ、まだ、たくさんあるから」

「…………」

「聞いてくれる？」

「え？」

「フラれたわたしの話と、あと——」

「あと？」

「わたしの……、なんて言うか、抱えているもの、とか」

「抱えているもの？」

チーコは小声で問い返した。

「うん……」

それから、少しの間を置いて——、

「ティッシュがたくさんって、イズミ……」

言いながら、チーコが、こたつの上に置かれた新品のティッシュボックスを見た。

「うん」

「泣く前提ってこと？」

「たぶん、泣くと思う」

そう言いながら、わたしが苦笑すると、チーコも同じような顔をしてくれた。

それは、とてもやさしい「イエス」の顔だった。

「電気、消していい？」

たとえ話す相手が親友のチーコでも、子供の頃から抱えてきた心の宿痾を告白するのには勇気が必要だった。だから、なるべくわたしの顔を見られず、チーコの表情も見えない状況で、独白するみたいにしゃべりたかったのだ。

「暗くするって……、なんで？」

「恥ずかしいから」

正直に言ったのに、チーコが「ぷっ」と吹き出した。

「なんか、エッチするときみたい」

わたしも小さく笑った。

なるほど、本当にそうなんだろうな、と思ったから。

でも——。

「わたし、まだ、あんまりエッチしたことないんだけどね……」

「え……」

ほら。言ったそばから、情けないような、恥ずかしいような気分になった。

「とにかく、恥ずかしいから、消すね」

チーコの顔を見ないまま、わたしはこたつの上のリモコンを手にして部屋の照明を落とした。

わたしたちは暗闇に包まれた。

でも、すぐに目が慣れて、こたつの上のワインもつまみも、チーコの顔もうっすらと見えるようになった。カーテンの開いた出窓から、凛とした月明かりが部屋のなかを照らしていたのだ。そして、その淡くて青白い光は、まさにわたしの告白にぴったりの薄暗さを演出してくれていた。

「ねえ、イズミ」

ささやくような声で、チーコがわたしの名を呼んだ。

「ん？」

「金魚鉢が、すごくきれいなんだけど」

「ほんとだ」

月の光をほわっと溜《た》めた金魚鉢。

青白く発光する丸い水。

その光の真ん中で、ひらひらと夢のように舞うユキちゃん。

わたしは、ゆっくりと呼吸をした。

それから赤ワインで口を湿らせ、まっすぐにチーコを見た。

「あのね」

薄暗がりのなか、チーコもまっすぐにわたしを見て頷いた。

「うん」

そして、わたしはぽつりぽつりとしゃべり出したのだ。

太陽さんがわたしに愛想を尽かした理由と、これまで誰にも話したことのない、わたしの心に巣くう宿痾についてを。

セイイッパイノオト――ユキ

身体が重たいボクは跳ねることなんてできない。

だから、せめて、水面に浮かび、身体を横にして、ドレスみたいな尾びれで水面を叩いてみたのだ。

イズミ、泣かないで――。

心で、そう叫びながら。

するとボクの思いは、
ぽしゃん。

という「音」になって、イズミの耳に届いた。

そして、イズミはこちらを振り向いた。

届いたのだ。
ボクの叫びが。

そのときのイズミは、ちょっと驚いた顔でボクを見ていた。
ボクも驚いていた。
声がなくても、音があることに気づいたから。
気持ちがたかぶったボクは、深々と頷いてみせた。

大丈夫。ボクもいるから。

祈るような気持ちで頷いた。
でも、この想いはイズミに気づいてもらえなかった。
いつものことだけれど……。

とにかく、ようやく泣き止んでくれたイズミは、新しいティッシュボックスをこたつの上に置いて、また泣く準備をしはじめた。

そして、部屋の照明を落とした。

薄暗がりのなかで、これまでずっと抱え続けてきた秘密をチーコに告白するらしい。


イズミの、秘密――。


ボクは、居ても立ってもいられないような気持ちになって、また水のなかで右往左往してしまう。

そんなボクをチーコが見ていた。

そして、チーコは小さな声を出した。

「ねえ、イズミ」

「ん？」

「金魚鉢が、すごくきれいなんだけど」

イズミもこちらを見た。

「ほんとだ」

ようやくボクは気づいた。

大好きな親友が、夜空で微笑んでいることに。

いま、この瞬間、ボクは、夢のような青白い光に包まれながら泳いでいたのだ。

ボクを見詰めながら、イズミが「あのね」と頼りなげな声を出した。

「うん」

チーコが頷く。

するとイズミは、ひとつ深呼吸をしてからこう言ったのだ。

「痣《あざ》が……、あるの」

「アザ？」

あざ。

そのふた文字が、ボクの内側に刻まれる。

「うん」

「アザって……」

「この辺にね」

言いながらイズミは左の胸のあたりを指差した。

「……」

「けっこう大きい痣なの。物心がついた頃にはすでにあって……」

「え、それ、病気――、じゃ、ないよね？」

おそるおそる、といった感じでチーコが訊いた。

「うん。病気じゃなくて、火傷《やけど》の痕」

「火傷……」

「ほとんど記憶にはないんだけど、三歳くらいのときに、わたし、台所で油の入ったフライパンをひっくりかえしたんだって」

聴きながらチーコは自分が火傷をしたみたいに顔をしかめた。

「ケロイドってやつ？」

「部分的にはケロイドっぽくなってるところもあるけど。全体的に皮膚の色が赤黒いというか、どす黒いというか」

「そんなに、大きいの?」

小さく二度頷いたイズミは、自分の胸を押さえるようにした。

「鎖骨の下から乳首のあたりまで……」

「そっか……」

チーコは小さく嘆息して口を閉じた。慰めの言葉が見つからなくて、少し困っているのかも知れない。

「だからね――」イズミの声のトーンがわずかに下がる。「わたし、ちゃんと男の人と付き合ったことがなくて……」

うつむき気味のイズミが、ワインの入ったグラスを手にした。そして、それをひとくちだけ飲んで、ふたたび口を開いた。

「恥ずかしいよね? この歳で」

チーコは黙っていた。ただ、薄暗がりのなか、小さく二度、首を横に振っただけだった。

「この痣があるせいで、よくからかわれたんだよね……」

イズミが、少し遠い目をした。

「小さい頃は、からかわれても翌日には忘れられたんだけど、小学生くらいになると、からかい方のなかに悪意が混じるようになるでしょ？」

「うん」

「だから、体育のときの着替えとか、水泳の時間が本当に嫌でさ」

「………」

「わたし、夏になっても露出の多い服は絶対に着なかったし、家族で旅行に行っても温泉に入るのは避けてたの。いまでもそうだけど」

「あ、だから――」

「うん。チーコが温泉旅行に誘ってくれても、わたし、ずっと断ってたでしょ？」

「そっかぁ……」

「ごめんね、ずっと黙ってて」

「ううん」

チーコは、自分が悲しい告白をしているような顔で首を振った。

ふいに、どこかから消防車のサイレンの音が聞こえてきた。

遠くて、淋しげなサイレンだった。

でも、なぜだろう、青白くて薄暗いこの部屋のなかでは、その音がずいぶんと大きく響いた気がした。

ぷく……。

ノニ、トイッタラ――イズミ

ため息を押し殺したようなチーコの顔を見ながら、わたしは告白を続けた。

「中学三年生の三学期にね、トラウマになるような出来事があったの」

「…………」

「朝、わたしが登校して教室に入ったら、男子たちのひそひそ声が聞こえちゃったんだよね……」

「…………」

「黒いおっぱいが来た――って」

「え？」

チーコが、眉をひそめた。

「わたし、はっきりと聞いちゃって」

「それ、あえてイズミに聞こえるように？」

「たぶん、ね……」

答えながら、わたしは無意識に唇の端を歪めて笑っていた。多少なりとも胸の痛みを散らすのに、この笑い方が有効だということを、わたしは知らずしらず覚えていたのかも知れない。

「その男の子、イズミの方を見て言ったの？」

見ていた。確実に。ニヤニヤしながら。しかも、彼の周囲にいた数人の男子たちの粘っこい視線までもが、わたしに集まっていたのだ。

「見てた。一人じゃなくて、数人が」

「はあ……、最悪——」

チーコの唇から少し掠《かす》れた声が洩れた。

「わたしね、そのときのいやらしい目がずっと忘れられなくて。っていうか、いまだに忘れられないんだよね……」

本当に自分でも不思議なくらい鮮明に覚えている。彼らの視線だけじゃなく、教室のなかのざわついた感じや、窓から入ってくる朝の日差しの透明感まで、はっきりと記憶に焼き付いてしまっているのだ。

そんなトラウマのような記憶を引っ張り出してしまったわたしは、じくじくと痛む胸をかばうように少し背中を丸めていた。うつむいた視線の先に飲みかけのグラスがあったから、赤ワインを少しだけ飲んだ。ずっと空気に触れていたせいか、あるいは悪寒がしそうな気分のせいか、赤ワインの渋みはわたしの舌をザラつかせた。

それから少しのあいだ、チーコは何も言わなかった。ただ、わたしを見ながら、湧き上がる感情を抑えようとでもするように、ゆっくりと呼吸をしていた。

「あのときね」

わたしから切り出した。

「うん」

「わたし、クラスの全員がそういう目でわたしを見てるんじゃないかと思っちゃって」

「…………」

「そうしたらさ、なんか、膝がガクガク震えてきちゃって——。二時間目までは必死に我慢してたんだけど、休み時間に男子たちが笑うと、その声がぜんぶわたしへの嘲笑に聞こえちゃって……、そもそも男子にわたしの胸の痣のことを教えた女子がいるんだって思ったら、なんか、もう耐えられなくて——。で、三時間目の途中に限界がきたの。保健室に駆け込んで、そのまま学校を早退しちゃった」

「はあ……」

チーコが嘆息した。信じられない、といった感じで小刻みに首を振りながら。

救急車のサイレンが、さらに遠のいていく。

遠のいていくほどに、なぜだろう、その音がどんどん淋しげに響いていく気がした。

「その翌日から、わたし、不登校になって——。親も、先生もすごく心配してくれたけど、クラスメイトは誰も信用できなくなっちゃったんだよね。いちばん仲が良かった友達とも疎遠になっちゃってさ……」

「…………」

眉をひそめたチーコは、黙ってわたしの顔を見つめていた。

消防車のサイレンが、遠い夜のどこかで霧散した。

薄暗いこの部屋のなかに静寂が満ちて、いつしか、チ、チ、チ……、と壁掛け時計の秒針の音が漂いはじめた。わたしはその重苦しい音を消したくて続きを口にした。

「でね、翌日から部屋に引きこもったの。三学期はまるまる欠席したから卒業式にも出てないし、あとで担任の先生が持ってきてくれた卒業アルバムも、いまだに一度も開いてないんだよね」

「そっか……」

「でも、親にこれ以上は心配をかけたくなかったから、せめて高校には行こうと思って」

「うん」

「で、あえて、電車で一時間半もかかる私立の女子校に入ったんだよね」

「イズミのことを知ってる人がいない高校を選んだってこと？」

「そう。あの頃は、完全に心が病んでたから、共学は無理だったし。チーコも知ってると思うけど、わたし、大学も女子大でしょ？」

「そうだね……。ほんと、わたし、何も知らなかったなぁ……」

「だって、わたしが秘密にしてたんだもん」

いまチーコに謝られたら、ちょっと、つらいな――、と思いながら、わたしは外していた鼈甲柄の眼鏡をかけなおした。そして、まっすぐチーコを見て言った。

「だから、チーコは知らなくて当然――っていうか、いま、こうやってチーコに言うのがはじめてだし」

ふたたび、夜のどこかから消防車のサイレンが聞こえてきた。今度は複数の音が重なっていた。さほど遠くないところで火事があったのかも知れない。

「ねえ、イズミ」

「ん？」

「偉いね」

「え？」

偉い？　チーコの言葉の意味が分からず、わたしは小首を傾げた。

「だってさ、せっかくティッシュを用意したのに、泣かずに話してくれてるじゃん」

「…………」

「イズミの涙腺、いつもゆるゆるなのに。偉い」

「ちょ――、そういうこと言われると、逆に泣きたくなるじゃん」

「うふふ。わざと泣かそうとしてんの」

悪戯っぽくチーコが笑った。

「なにそれ。もう。やめてよ」

わたしも笑う。

笑ったら、薄闇に包まれた部屋の空気が少しだけ軽くなった気がした。心根のやさしいチーコは、沈み過ぎたわたしの気持ちを浮上させようとしてくれたのだ。

わたしには、それがわかる。だって、もしもわたしが逆の立場だったとしても、きっと同じことをしたと思うから。

それからわたしは、胸の痣に翻弄されたこれまでのことをかいつまんでチーコに話した。

幾人かの男性に告白されたけれど、怖さが勝って、結局、ちゃんとは付き合えなかったこと。男性恐怖症について自分なりに色々と調べてみたこと。思い切って心療内科に通ってみた時期があるけれど、治療効果はほとんどみられなかったこと。とはいえ大学生になった頃からはデートくらいなら愉しめるようになったこと。でも、カラダを求められると、ほとんど反射的に相手を拒絶してしまうため、それが原因で失恋が続いてきたこと。そして、その状態が、いまでも続いているということ。

赤裸々なわたしの告白を、チーコは「肯定」というやさしい真綿で包み込むように受けとめてくれた。そして、わたしは、チーコの真綿に守られながら、いよいよ核心に触れたのだった。

太陽さんとのことを話しはじめたのだ。

「はじめてだったの。もしかしたら、この人なら、わたしの痣も含めて受け入れてくれるかも──って、ちょっとだけ、期待しちゃって」

「それが、前田太陽さんだった、と」

「うん……」わたしは頷いて、続けた。「彼、言葉も行動もスマートでやさしいし、精神年齢がわたしよりずっと大人で、なんていうか、包容力がある気がして……」

「そっか」

「でも、やっぱり……」

「駄目だった」

「うん……」

太陽さんのことを思い出すと、ただそれだけで、わたしの鼓動は自然と速くなってしまう。そして、そのことに気づいてしまう自分が情けなくもあった。

「ねえ、イズミ」

「ん?」

ここでチーコは、少しだけ声を固くした。

「いま、わたしが思ってること、直球で言ってもいい?」

「え? あ、うん……」

チーコがこんな風に前置きを口にするのは珍しい。だから、わたしは少しお腹に力を込めてチーコを見た。

「じゃあ、正直に言うね」

「うん……」

「イズミの胸に痣があるからって、それで人を差別するような男だったってことは、じつは、太陽さんもたいした人じゃないと思うの」

「え？」

「だって、イズミの良さをちっともわかってないよ。見るべきところがぜんぜん違う」

チーコの台詞が唐突すぎて、わたしはまた「え……」と言ったまま固まっていた。

でも、そんなわたしにはお構いなしに、チーコは腕組みをして、さらに言葉を続けた。

「はっきり言うね。イズミは太陽さんにフラれて、むしろ正解だったんじゃないかな。本当に包容力のあるいい男は他にきっといるし、イズミは女性として充分に可愛いんだから、もっと自信持っていいと思う。それにさ——」

「あ……、ごめん。えっと、チーコ？」

ようやくわたしは両手を前に出して、前のめりなチーコの言葉を遮った。

するとチーコが眉を上げて「ん？」と首を傾げた。

「ちょっと、待ってくれる？」

「…………」

「えっとね、違うの」

「違う？」

「うん。ええと、ごめん。あのね、痣のことは、まだ彼には言ってないっていうか」

「…………」

「まだ、見られても……、いないっていうか」

「え？」

「勇気が出せなくて、まだ……」

「ってことは──、えっ？」

「だから、ええと、お互いにね、なんとなくそういう雰囲気にはなったんだけど、でも、やっぱり……」

わたしが口ごもると、ようやくチーコが得心の表情になった。

「そうなる前に、イズミが拒んだ？」

「うん……」

ひどく惨《みじ》めな気分にやられながら、わたしは頷いた。

「そっかぁ」チーコが、組んでいた腕をほどいた。「ちなみに、何度も拒んだの？」

「三回……、あ、違う。四回、かな」

「うーん」

チーコは頬に右手を当てると、真顔で思案をはじめた。

わたしは、ひとつため息をこぼして、チーコのことをぼんやりと眺めた。そして、眺めながら思った。

これまで、身内以外で、わたしのことをこんなにも真剣に考えてくれる人って、いたっけ？

ざっと記憶を辿《たど》ってみたけれど、とくに思い当たる顔はなかった。

やっぱり、チーコの他にはいないみたいだ。

われながら淋しい人生を送ってきたものだなぁ、と肩を落としそうになったけれど、胸で深呼吸をして踏ん張った。

ふと、出窓を見た。

月明かりの青白い光をためて、ほわっと発光する金魚鉢。その光の中心で、ひらり、ひらり、と舞うユキちゃんのシルエット。

金魚鉢のとなりには、太陽さんにもらったパンジーが花開いていた。そして、その花びらもまた、青白い妖精の粉を浴びたように淡く発光して見えた。

月の明かりは、誰も傷つけないのかな——。

まぶしいほどに明るくてあったかい太陽よりも、ちょっぴり冷たい月の方が、わたしには合うのかもしれない。

そんなことを考えたら、これまでに出会ったいくつもの太陽さんの笑顔が窓辺に浮かんでは消えた。

その名前のとおり、ただただまっすぐに相手を明るく照らし、穏やかでほこほことした気持ちにさせてくれる笑顔——。そんなピュアな陽光すらあっさり遮ってしまった、わたしの内側を覆う分厚い雲。この雲は昔から禍々《まがまが》しく黒々とした雨雲で、これまで幾度も涙を降らせ、わたしの気持ちを鬱々とさせてきたものだった。

月の光が差し込む幻想的な出窓から視線をはがし、チーコを見た。

そして、わたしが「ねえ」と声をかけたとき、同時にチーコも「ねえ」と言った。

一瞬、わたしたちは視線を合わせて固まったけれど、次の瞬間、くすくすと笑い合った。

どうしてだろう？　笑ったのに、わたしの内側の雨雲がいっそうウエットになってしまった。

「イズミから、どうぞ」

泣き笑いしそうなわたしに気づいたのだろう、チーコはとても恵み深い声でゆずってくれた。

「うん……。なんかね、さっきも言ったけど、わたし、子供の頃からずっとひとりでいることに慣れてたから……、ひとりでも全然平気だったのに」

のに、と言ったら、その二文字がわたしの喉にからまったようになって、続く言葉が出なくなった。

そんなわたしを見て、チーコはそっと先を促すように、「うん」と頷いてくれた。

ちょっとしたその間が、わたしの喉から「のに」を霧散させてくれた。

わたしは続けた。

「えっと……、一度でも『ふたり』でいる時間を味わっちゃうと、それまで普通だったはずのひとりの時間が、すごく空っぽに感じるようになってさ。なんだか息苦しいような感じになっちゃって。だから、こんな思いをするくらいなら……」

わたしは着ていた自分のパーカの胸元を右手でキュッと握った。

「うん」

また、やさしく先を促してくれるチーコ。

でも、もう、言葉は出てこなかった。

代わりにぽろぽろと涙が出てきた。

こたつの上のティッシュボックスから、チーコがティッシュを引き抜いてわたしに手渡してくれた。

「ありがと……」

ティッシュで涙を拭いたら、チーコが「イズミ……」と悲しげな顔をした。それを見たら感情の堤防が決壊してしまった。

わたしは、もう一枚、自分で引き抜いたティッシュを目頭に押し当てた。

そんなわたしを見つめながら、チーコがそっと声を出した。

「ねえ、イズミ」

わたしは返事をせず、洟をすすりながら目だけを上げてチーコを見た。

「念のため、訊いておくね」

「うん……」

「本当に、フラれたの？」

「え？」

「太陽さんを拒んだとき、何て言われた？」

「俺じゃ、駄目なの？　どうして？　って」

わたしは潤み声で答えた。

「で？」

「どうしても──って答えた」

「そっか。そしたら？」

あのとき太陽さんは、落胆の深いため息をついて、自分に言い聞かせるようにひとつ頷くと、「分かった。じゃ……、帰ろうか」と自嘲気味に笑ったのだ。

わたしは涙で湿ったティッシュを捨てた。代わりにこたつの上のスマートフォンを手にした。そして、もう二度と見返したくはないのに削除できずにいる太陽さんからの最後のメッセージ画面を開いて、それをチーコに手渡した。

そこには、こう書かれていた。

《イズミと付き合っていく自信が無くなったかも。ちょっと、距離を置いていいかな?》

わたしは、それに返信をしていなかった。というか、できなかった。既読スルーというやつだ。

「はあ、なんでそうなるかな」

太陽さんからのメッセージを読んだチーコが、ひとりごとみたいに言った。

「え……」

「イズミ、まだフラれてないと思うよ」

「え?」

「距離を置くってことは、別れるのとは違うでしょ?」

「それは……」

たしかに、そうだ。でも、太陽さんは心根がやさしいから、あえて遠回しにそう言って、わたしから離れていこうとしたのだと思う。あるいは自然消滅にしようとしてくれたのかも知れないし、むしろ、わたしに太陽さんをふる機会を与えてくれたのかも知れない。太陽さんをよく知っているわたしだからこそ、そうとしか思えなかった。実際、そのメッセージを受け取って以降、太陽さんはわたしを避けているし、以前に太陽さんからもらったメッセージと比べても、この最後のメッセージだけは言葉の温度が明らかに違った。太陽さんは言葉の温度で「終わり」を告げたのだ。これまで何度も太陽さんとメッセージをやり取りしてきたわたしだから、彼が言葉の裏側に込めた思惑にちゃんと気づいている。だから、返信もできずにいるのだ。

「それは——、なに？」

黙っているわたしに、チーコは先を促した。

「…………」

答えられず、わたしはわずかに俯いた。単純な理屈ではチーコの言っていることが正しいから、返答のしようがなかったのだ。

チ、チ、チ、チ、チ、チ……。

壁掛け時計の秒針が、ふたたび主張をはじめた。

するとチーコが、重たくなりかけた沈黙を破ってくれた。

「ねえ、イズミ」

「………」

わたしは、黙って少し顔を上げた。

「痣のことを打ち明けたのって、本当にわたしにだけ？」

「うん……」

「じゃあ、わたしも、普段、自分からはあんまり人に言わないでいることをイズミに告白しようかな」

え……？

チーコが思いがけないことを言い出した。

「でもね、その前に、イズミにひとつだけお願いがあるの」

わたしは、黙ってチーコを見つめていた。

するとチーコは薄闇のなかでかすかに微笑んだ。そして、さらに思いがけない台詞を口にしたのだ。

「わたしにだけ、見せて。イズミの痣」

「え……」

本気?

わたしは呼吸をするのも忘れて、チーコの顔を見詰めた。

チーコも、まっすぐな瞳でわたしを見ていた。

「部屋の電気、消したままでいいから」

「……………」

「大丈夫だから。絶対に」

「でも……」

「イズミ」

ぬくもりのある声で、名前を呼ばれた。

返事をしようとしたけれど、なぜか声が出なかった。

すると、まっすぐな瞳のまま、チーコがやわらかく微笑んだ。

「信じて。わたしのこと」

ナミダノアトニ──ユキ

薄暗い部屋のなかに、青白い月明かりがうっすら溶けていた。

こたつ越しに黙って見つめ合うイズミとチーコ。

ボクはふたりの方へとゆっくり泳いでいき、こつん、と鼻先を金魚鉢のガラスにぶつけた。


イズミ……。


「大丈夫だから」

チーコが念を押して、ゆっくりと頷いて見せた。

すると──、イズミもわずかに頷いた。

薄闇のなか、正座をしていたイズミが、背中を弓のようにピンと伸ばした。

「ふう」

と、決意の吐息。
イズミは、分厚いパーカのファスナーを下ろし、そのまま袖を抜いた。
抜いだパーカは、傍にそっと置いた。
その様子を見詰めていたチーコは、穏やかな顔のまま小さく頷いた。
イズミはさらに、なかに着ていたサーモンピンクのTシャツも脱いだ。
ブラジャーだけになったイズミの上半身。
白い肌が、薄闇のなか、ぼうっと浮かび上がる。
イズミは、唇の端っこで少し淋しげな笑みを浮かべた。
「ここ」
つぶやくように言って、ブラジャーからはみ出した痣を自分で指差した。
「うん」
と頷いたチーコは、穏やかな表情を変えずにイズミを見つめ続けた。
「え、ブラも？」
イズミが言って、チーコが頷く。
あきらめたようにイズミも頷いた。
ゆっくりとイズミの両手が背中に回り、ホックを外した。肩紐《かたひも》も外し、取れたブラジャーを傍に置く。

さすがに恥ずかしいのか、イズミは右腕を使って両方の乳房を隠すようにしていた。

「隠さないでいいよ」

チーコは微笑みながら首を横に振る。

「…………」

黙ったままためらっているイズミを見て、チーコが立ち上がった。そして、正座したままのイズミの背後に回り込むと、後ろから両肩に手を添えるようにして立ち上がらせた。

「イズミ、立って」

「え……」

「あっち、いこう」

チーコはイズミの肩をそっと押しながら、ボクのいる出窓の方へと連れてきた。

「ちょ、チーコ？」

「いいから」

イズミが、ボクのすぐ目の前に立った。

後ろにいたチーコが、胸を隠そうとするイズミの両手を体の横へと下げさせた。

「カーテン、開いてるんだけど」

かなり困った顔で、イズミは隣にいるチーコを見た。

「わざとだよ」

「え？」

「あえてそこに立ってもらってるの」

「どうして……」

「まずは、月に見せてあげようよ」

「月って……」

困ったようにつぶやいたイズミが、窓の外を見た。

誰もいない、いつもの路地。

夜空には、ボクの友達。

すべやかなイズミの裸体が、青白い月光をしっとりと吸い込んで、ぼうっと幻想的に発光して見えた。

ぷく。

はじめて間近で見たイズミの身体――。

しなやかなカーブのみでかたちづくられたやわらかなフォルムは、ボクの目には神々しいモノとして映った。

左の胸を見た。

たしかに、皮膚には細かな凹凸があった。

痣は、ボクが思っていたよりも大きかった。

その痣を月明かりがそっと撫でた。

青白い光は、なぜかイズミの痣を内側から薄めてくれる気がした。

イズミは出窓の外に、困惑気味な視線を送った。

そして、肩を竦《すく》ませ、ゆっくりと呼吸をした。

乳房が、呼吸に合わせて上下する。

その乳房に合わせて上下する痣。

このとき、ボクは気づいた。

イズミの痣は、ちょっといびつなハート形をしていることに——。

イズミが自分の「欠点」だと信じている左胸の痣。

それは「心」の形をしていたのだ。

ボクの頭の上の白い「欠点」を「可愛い」と言ってくれたイズミ。

そのイズミの「欠点」もまた、ボクには「可愛い」模様なのだった。あるいは、心のぬくもりを象徴する「イズミのしるし」に見えた。

「ねえ、イズミ」

「え？」

「この窓、外からは見えないフィルムが貼ってあるって言ってたよね？」

言いながら、チーコが、後ろから押さえていたイズミの両腕をそっと放した。

もう、イズミは胸を隠そうとはしなかった。そして、頷きながら言った。

「そうだけど。でも、なんか……」

「大丈夫」

「………」

「きれいだから、イズミは」

「え……」

チーコがイズミの前側に回り込んできた。

「わたし、嘘をつくの嫌いじゃん？」

ふいのチーコの問いに、イズミは黙って頷いた。

「だから、これから、嘘のないことを言うよ」

イズミは少し不安そうに「え……」と小首を傾げた。

その顔を見ていたボクの身体まで、釣られてゆらりと傾いてしまう。

「イズミの肌は、なめらかで、すごくきれいだと思う」

「……チーコ」

「髪の毛も艶があってきれいだし、少し茶色がかった色もきれい。おでこの形もきれいだよね。長いまつ毛も女性らしくてきれい。ちょっとタレた目もきれいだと思う」

チーコは、月光のなかで立ちすくんでいるイズミを眺めながら、頭から順番に褒めていった。

「耳の形も、ほっぺのカーブも、きゅっと口角の上がった唇もきれいだよね。顎のラインも、細い首も、うなじも、女性らしいなで肩もきれい。肩甲骨も、背骨の窪《くぼ》みもきれい。爪の形もきれいだし、白い手と指もきれいなんだよね。くびれたウエストと縦長のおへそなんて、うらやましいくらいにきれいだよ」

そう言って、チーコが微笑みを深めた。

イズミは、ただ黙って、少し潤んだ瞳でチーコを見詰めていた。

「いままで気づかなかったけどさ、ほっそりした鎖骨もきれいだったんだね」

「チーコ……」

「待って。まだあるから」

「え……」

「イズミが本を読んでいるときの横顔はすごくきれい。仕事で椅子に座っているときの姿勢もきれい。あと、誰にたいしても言葉遣いがきれいじゃん。言葉がきれいな人って、心がきれいなんだよね。よく、わたしのママがそう言ってた」

「そんな……」

褒められすぎて困惑しているのだろう、イズミは眉をハの字にして短く嘆息した。

「それとね――」チーコが、少しあらたまったように言った。「イズミのおっぱい、きれいだよ」

眉をハの字にしたまま、イズミはほんの少しだけ目を見開いた。でも、イズミの唇から言葉はこぼれてこない。

チーコが続けた。

「あんまり大きくはないけど、均整のとれた形をしてるし、乳輪も乳首もきれいだよ」

そこまで言って、チーコはいったん言葉を切った。そして、ふたたび慈しむような目でイズミを見詰めて、もう一度、言った。

「イズミのおっぱいは、きれい」

「………」

「ただ――」

「………」

「左側のきれいなおっぱいには、みんなと違う色と形の痣があるんだよね」

ボクは、イズミの胸に刻まれた痣を見た。

赤黒くて、ちょっと崩れたハートが、ゆっくり、ゆっくり、イズミの呼吸に合わせて上下していた。

「イズミ」

「…………」

「わたしね、思うんだ。『違い』と『嫌い』は、まったくの別モノで、絶対にイコールじゃないって」

違い
と
嫌い
は
イコールじゃない。

ぷく。

「でね、それが分かっている人は、きっと幸せになりやすいし、周りも幸せにできる人だと思うの」

月明かりをたたえたイズミの瞳が揺れた。

チーコはさらに続けた。

「違うけど、好き。違うからこそ、むしろ好き――。そういう感性を持ってる人って、いくらでもいると思うよ」

「チーコ……」

イズミの下まぶたにしずくがぷっくりと膨れ上がった。

「逆にね、自分と違うから嫌い――っていう単純な感性の持ち主とは、あっさりバイバイしちゃっていいと思う。だって、そんな人から嫌いだって言われたり、態度で示されたりして傷つく必要は、一ミリだってないじゃん？」

イズミの下まぶたから光るしずくがこぼれて、つるりと頬のカーブを伝った。

ひた。

しずくは、イズミの「違い」の上に落ちた。

少しいびつなハートのちょうど真ん中あたりが小さく濡れた。

そして、凜とした月明かりが、その濡れた部分に反射して、きらりと輝いた。

赤黒いハートのまんなかに、一粒の宝石――。

ボクには、そんなふうに見えた。

「わたしが数えた感じだと、いまイズミが持っているのは数え切れないくらいの『きれい』と、たったひとつの『違い』だと思うよ。もっと言えばさ、『きれい』だって『違い』に含まれるはずでしょ？」

言いながらチーコもわずかに目を潤ませていた。

「人ってさ、つい自分と他人を比べて、足りないモノとか違うところに目がいって、そればかり気にしちゃうんだけど、でも、よくよく考えてみると、圧倒的に足りているモノの方が多いってことが分かるし、誰かとまったく同じモノなんてないんだよね」

「…………」

「って――、ママがよく言ってた」

チーコはそう言って頬を緩めた。

イズミは、ひとつ呼吸をしてから「え、ママ？」と小首を傾げた。

「うん。そう。わたしのママ」

少し目を細めたチーコが頷く。

すると、イズミの表情にも、どこか柔和な笑みが浮かんだ。

「チーコのママ、素敵な人なんだね」

「まあ、かなりの苦労人だからね」

「そうなの？」

「うん。っていうか、その話は置いておいてさ――、とにかく、わたしが男だったら、イズミの裸に惚《ほ》れちゃうよ」

「えへへ……」

泣き笑いをしたイズミが、右手の甲で涙をぬぐった。

チーコも右手の親指を下まぶたのあたりにそっとあてて、滲んだしずくをぬぐう。

「なんでチーコが泣いてるわけ」

泣き笑いのイズミが、揶揄《やゆ》するように言う。

「なんで——って、なんとなく、だよ」

「さっき、わたしのこと、涙腺ゆるいとか言ってた人が」

「あはは。だよね」

少し面映ゆそうにチーコも笑った。

そしてチーコは、さっきまでイズミが座っていた座布団のそばから脱いだ服を持ってきて、「はい」とイズミに差し出した。

イズミは「ちょっと、寒かったな……」と言いながら受け取ると、時々、窓の外に視線を送りながら服を着けた。

最後にパーカのファスナーを上げ終えたとき、チーコが口を開いた。

「イズミの秘密——」

「ん？」

「わたしとふたりの秘密になったね」

チーコの言葉は、どこか感慨深げに響いた。

「そうだね……」

ふたりだけの秘密じゃないよ。

ボクも、共有しているからね——。

ふたりともこちらを見てはいなかったけれど、ボクはひらひらと長い尾びれを振りながら胸裏でつぶやいた。

イズミとチーコが、こたつに戻った。

照明は落としたままだった。

青白い光のなか、あらためて向かい合った二人は、お互いにちょっと照れくさそうに微笑みながらワイングラスを手にした。そして、どちらからともなくグラスをこたつの上にかざした。

コン。

乾杯。

声には出さずに、ふたりはワインを口にした。

「美味しい……」

先に口を開いたのは、イズミだった。

「うん、これ、美味しいよね」

チーコが肯定する。

ボクは冷たい水のなかで身体を反転させてふたりから視線を外した。そして、窓の外を見上げた。

いつもの路地の上の、いつもの夜空。

ぽっかり浮かんで煌々と光る、もの言わぬ友達。

彼が微笑んでくれる夜は、いつだって世界がちょっぴり幸せになる。

違い

と

嫌い

は

イコールじゃない。

ほわっと夢のように光る金魚鉢のなかで、ボクはチーコの言葉を反芻した。そして、思った。イズミに触れるのが、太陽さんでもなく、コーヒースタンドの店員でもなく、黒猫でもなく、チーコなら——、ボクの心は嫉妬で焼かれることもないだろう、と。

カクシタテクビ――イズミ

その夜、チーコは終電に合わせて帰っていった。

「久しぶりに泊まっていけば？」

というわたしの言葉に、チーコは「明日は仕事だし」とあっさり首を横に振ったのだった。

ひとりになったわたしは、消していた部屋の照明を点けた。目が痛いほどに明るくなった部屋は、なんだかいつもより広く感じられた。しかも、耳鳴りがしそうなほどの静寂で満ちていた。

音が欲しくなったわたしは、音楽を流すのではなく、キッチンに立ってグラスやお皿を洗いはじめた。蛇口からこぼれる水の音や、スポンジと食器がこすれる程度の「生活の音」がちょうどいい気がしたのだ。

手を動かしながら、ふと、チーコの告白を憶って、ため息をこぼした。

わたしが胸の痣を見せる代わりに、チーコもわたしに話すと言った告白の内容が、なかなかに重たいものだったのだ。

それは、チーコがいじめられていた時代の告白だった。

ほろ酔い気味だったせいかどうかは分からないけれど、チーコは当時のことを、冗談めかした自虐的な笑いとともに「灰色の時代」と称していた。そして、分かりやすくわたしに伝えるために、みずからの生い立ちから話しはじめたのだった。

○○ ○○ ○○

「わたしのママね、わたしを産んですぐにパパに捨てられてシングルマザーになったの。仕事は介護士をしてたんだけど、それだけだと生活が苦しくて、途中から風俗嬢も掛け持ちしたんだって」

思いがけない話の展開に、わたしは返答に困ってしまった。でも、チーコはそんな反応には慣れっこなのか、わずかに自虐的な笑みを浮かべたまま続けた。

「でね、風俗嬢の仕事の内容っていうのがまた凄《すご》くてさ、なんと、ソフトSMの女王様だったんだって」

「女王様……」

わたしの頭のなかに、黒いボンデージ・ファッションで、鞭《むち》を振るいながら高笑いしている女性の絵が浮かぶ。

「そしたら、ママがそういう仕事をしてるってことが噂《うわさ》になっちゃって、わたし中学の頃、学校でずいぶんといじめられたんだよね」

チーコは顔では笑っていたけれど、きっと内側ではチクチクした痛みに耐えているに違いなかった。不器用なわたしは会話の合いの手さえも入れてあげられなかった。

「お前の血は汚れてる――、って同級生に言われて」

「え……」

「そんなの、子供の言う台詞じゃないよね？」

「うん……」

「きっと、噂好きな親が言ってた言葉を子供が真似《まね》て、わたしに直接ぶつけてきたんだろうね」

「そうかも……」

当時、思春期を迎えていたチーコは、細腕ひとつで家計を支えてくれているママの苦労くらいは知っていた。だから、できるだけいい子でいようとしていたし、大好きなママが原因で自分がいじめられているということを、ママ本人に伝えることはできなかったのだそうだ。しかも、先生も、同級生も、救ってはくれず、ひとりぼっちで苦しみに押しつぶされそうになって――。

「わたしさ、ママに隠れて、こっそりリストカットを繰り返していたんだよね。あの頃は、もう、ほんと、毎日、死にたくてさ……。で、ある日ね、ママにリスカの痕を見られちゃったの。そしたら、ママ、かさぶただらけのわたしの手首を摑《つか》んで、どうしたと思う？」

「え？」

ふいの質問に、わたしは何も答えられなかった。だから、黙って首を横に振った。

すると、チーコは、少しこわばっていた眉間からふっと力を抜き、やさしい目をしたのだった。

「キスしたの」

「……キス？」

「うん。いきなり。手首に、チュッて。それからママ、わたしを抱きしめて、『ありがとね』ってささやいたんだよね」

「え……」

「『ありがとね、チーコ。生きていてくれて』」

「………………」

「ママ、抱きしめたわたしの耳元で、そうささやいてくれたんだよね」

当時のことをリアルに思い出してしまったのだろう、チーコの言葉の語尾が震えて、潤み声になった。

「そっか……」

「うん。でね、わたし、そのときはじめてママにいじめのことを打ち明けられたの。声が嗄れるくらい号泣しながら。そうしたらママ、さっさとわたしを連れて引っ越したんだよね。ほんと、あっさり『逃げ』を選んでくれたの」

「やさしいんだね」

「ほんと、す〜っごくやさしい人だと思う。みんなとは『違う』仕事をしてたけど、でも、みんなよりずっとやさしい人だと思う」

自分の母親のことを、こんなに嬉しそうな目をして「やさしい人」だと自慢できるチーコが、わたしは少しうらやましくさえ思った。

やさしい目のまま、チーコは続けた。

「引っ越していくときの電車のなかでね、ママ、わたしにこう言ったんだ。『人間の心ってね、傷つけたくても、傷つかないようにできてるんだよ』って」

「え？」

「心って、傷つかないんだって。ただ磨かれるだけ。やすりがけと一緒で、磨かれてるときは削られて痛むけど、でも、ごしごしやっているうちに最後はぴかぴかに光るでしょ？」

「うん」

「だから、いじめられたわたしの心も、ずっと痛かったけど、そのおかげで誰よりもぴかぴかに輝くよって。そう言ってくれたのが、いまでも忘れられないんだよね。もはや、わたしの座右の銘」

懐かしい思い出を眺めるような表情で、チーコはわたしを見た。

「そっか。素敵だね、ほんと……」

心は傷つかない。ただ、磨かれるだけ――。

「チーコのママって、いまは何してるの？」

するとチーコは、ほっこりと破顔してみせた。

「いまはね、龍《りゅう》さんっていうダンディーな男の人と幸せそうにしてるよ。近いうちに結婚するんじゃないかな？」

「え、そうなんだ」

「うん。龍さんはね、ママがソフトSMの女王様だったことも、バツイチで子持ちだってこともよく知っているんだけど、そのうえで、ママのことを好きになってくれたんだよね。だから、わたしも龍さんのことが大好きなの。世の中には、ちゃんとそういう男もいるんだよ」

そういう男——。

「違い」と「嫌い」を一緒くたにしない男。

わたしは、幸せそうなチーコのママを想像して、小さなため息をこぼしてしまった。

「ねえ、イズミ」

「え？」

「心は傷つかない。ただ磨かれるだけ——っていうママの持論、どう思う？」

「えっと——」

一瞬、返答に詰まったのは、正直なところだった。

なにしろ、この瞬間、わたしの胸には、まだ、あまりにもリアルな痛みがあったから。

でも、同時に、わたしは、いままさに目の前でやさしく目を細めているチーコという親友の存在と、その存在を産み育ててくれたチーコのママという存在の大きさを憶ってもいた。

うん。ふたりは、信じるに足る――。

わたしは自分に言い聞かせるように答えた。

「心は、磨かれる――、と思う」

そして、答えながら、そういう未来を選びたい、とも思った。

チーコが、ホッとしたように微笑んだ。

それは、今日いちばんの笑顔だった。

「だったらさ、どうせ傷つかないんだもん、思い切って太陽さんに気持ちをぶつけて、彼の懐に飛び込んでみたら？」

「え――」

さすがに、それは……。

すぐには頷けなかったわたしは、逆に訊いた。

「できる、かな……」

そんなことをしてもいいのかな、という意味も込めた問いかけだった。

「わたしは大丈夫だと思うな。イズミの本心がそうしたいのなら、できると思うよ」

そもそも、わたしは、自分の本心と向き合う覚悟ができているのか――、それこそが問題なのかもなぁ……、と弱気なことを思いながら、ふと出窓に視線を送った。

金魚鉢が、夢のように青白く発光していた。

その幻想的な光のなかに浮かぶシルエットのユキちゃんと目が合った気がした。

ひらり、ひらり。

半透明な美しい尾びれが揺らめいていた。

心は傷つかない。

ただ、ただ磨かれるだけ。

わたしは自分に言い聞かせるように胸裏でつぶやいてみた。

するとそのとき、美しく揺らめくユキちゃんのシルエットが、ゆっくりと縦に動いた。

え——？

なぜだろう、ユキちゃんのその動きは、わたしに向かって「それでいいよ」と頷いてくれたように見えたのだった。

四章

デアイハマボロシ――ユキ

イズミが仕事に出かけたあと、ボクはいつものように出窓から外を眺めた。

今日の空はどこか眠たげな水色で、ところどころに浮かぶ淡いグレーの雲が、目に見える速度で右から左へと流れている。

路地の突き当たりのコーヒースタンドを見ると、いつものテイクアウト専用の窓に茶色いキャップをかぶったあの店員の姿があった。

店員も眠たげな顔で、ぼんやりと空を眺めていた。

イズミはもう、この店員からコーヒーを買うことをしていない。仕事の行き帰りに出くわすことがあっても、あえてその場から足早に立ち去っている。そんなとき店員は、遠ざかっていくイズミの後ろ姿を、どこか気の抜けたような顔で見つめていたりする。

塀のすぐ下には黒猫の姿があった。

自らの血痕を残したあたりでのんびりと寝そべり、日向《ひなた》ぼっこをしている。

茶トラはあの日から、一度も姿を見せていない。たまたまボクが姿を見かけていないだけなのか、あるいは、この路地に魅力を感じていないのか——、理由は分からないけれど、とにかく黒猫にとってありがたい話であることには違いない。黒猫はかつてのようにすっかりくつろいだ様子で丸くなり、ときどきあくびをしたりしている。

茶トラに潰された目は、まぶたを縫い付けられたようにピタリと閉じていた。腐食したような眼球がまぶたに隠されたおかげで、以前のような表情の痛々しさは少なからず消えていた。

黒猫の家の庭先に生えている大きな樹は、日々、変化を遂げていて、幹や枝の内側に蓄えたエネルギーが、全体からゆらゆらと立ちのぼっているようにさえ見えた。すべての枝にびっしり並んだつぼみも、目に見えて膨れ上がっている。あれほどの数のつぼみたちが一斉に花びらを開かせたとしたら、この出窓から見られる風景は、どれほど華やぐことだろう？

想像したら、ため息がこぼれた。

ぷく。

たまに、この静かな路地にも人が入ってくる。

郵便や宅配の配達員がほとんどだけれど、そういうとき、用心深い黒猫は、さも面倒臭そうに起き上がっては、人間との距離をきっちり保つようにしている。黒猫は、自分と他者のあいだに「幸せな距離感」があるということを知っているのだ。

時折、猫好きらしい人間が、黒猫の「距離感」を無視して近づこうとすることがある。彼らはたいてい口では「おいで、おいで」と言っているのに、黒猫が近づいて来るのを待つことはしない。「おいで」と言いながら、ずけずけと自分から黒猫に詰め寄っていくのだ。

そんなときも黒猫は「やれやれ」といった風情で起き上がり、ひょいと塀を乗り越えて姿を消してしまう。そして、しばらく経ってから、どこからともなく現れて、のんびりと自分の時間を過ごすのだ。

ついさっきも、お気に入りの寝場所を宅配の車に奪われた黒猫は、渋々といった顔でいったん塀の向こう側に消えた。ふたたび姿を見せたのは、路地に立ち並ぶ一軒家の玄関の庇《ひさし》の上だった。

そこも日当たりがいいのだ。

庇には少し傾斜があるけれど、かまわず黒猫は丸くなると、すぐにまどろみはじめた。

黒猫にとって居心地のいい場所は、ひとつじゃない。しかも、そういう場所を探すことがとても得意そうに見えた。

黒猫は、いつも環境にたいして従順だ。

従順だからこそ、とても自由に見える。

誰しも生きていれば色々なことがあるし、置かれた環境のせいで思い通りにならないこともある。きっと、何度もあるだろう。冷たいガラスのなかにいるボクは、そのことを身を以《もっ》て知っているつもりだ。

でも、ボクは黒猫を見ていて気づいたのだ。

自分の置かれた環境について深刻に思い悩んでみたところで、ほとんどの問題は解決しないし、解決しない問題は放っておいて構わないということを。

どうせ「すべては、いつか、終わる」のだ。

宅配便の車も、時間がくればいなくなる。

時間は必ず、最終的にはボクらの味方をしてくれる。

そして、そのことを、ボクはイズミに伝えたいと願っていた。

でも、ボクには「声」がない。

そのこともまた、ボクにとっては解決しない「環境」のひとつなのだけれど。

◎◎◎

黒猫の昼寝場所を奪っていた宅配の車が走り去った。

庇の上からその様子を見ていた黒猫は、するすると塀を伝ってアスファルトに降り立ち、ふたたびその場所で丸くなった。

すると今度は、黒猫の様子をコーヒースタンドの窓から見ていた店員が、白いレジ袋を片手にぶら下げて路地に出てきた。
仕事の休憩時間なのだろうか。
いずれにせよ珍しいな、と思って見ていたら――、

え?

ふいに店員が歩きながらこちらを見上げた。
ボクと、目が合った!
一瞬、そう思った。
でも、ボクはすぐに考えをあらためた。
違う。
目など、合うはずがないのだ。
ボクは、あの日のチーコの言葉を思い出した。
「この窓、外からは見えないフィルムが貼ってあるって言ってたよね?」

このチーコの問いに、イズミは確かに頷いたのだ。

外から中が見えない窓ガラス——。

あのとき、ボクの身体は凍りつき、めまいすら覚えていた。

だって、これまでボクが外の誰かと目が合ったと思っていた素敵な感覚も、じつは、すべてが「ボクの勝手な思い過ごし」だったということになるのだから。

つまり、黒猫の目にも、ボクの姿は映っていなかったのだ。

黒猫のなかに、

ボクは

存在していない——。

それを知ってからというもの、ボクの気持ちは水底に沈んだままだった。

これもひとつの環境だから放っておこう、と思ってみても、いつか時間は味方になるから、と思ってみても、ボクの気分は浮上できなかった。

コーヒースタンドの店員は、まだボクの方を――、いや、この出窓の方を見上げていた。つまりは、イズミの住むこの部屋が気になっているのだろう。

やっぱり、イズミと仲直りをしたいのかな？

ボクがそう思っていたら、店員の視線がアスファルトへと下がった。その視線の先には、黒猫の姿があった。

用心深い黒猫は、すでに店員と距離を取ろうと、面倒臭そうに起き上がっていた。

「黒猫くん、逃げなくても大丈夫だよ」

店員は穏やかに声をかけると、歩みを止めた。

黒猫の「幸せな距離感」を尊重したのだ。

そして店員は、視線の高さを黒猫に合わせようとでもするように、ゆっくりとしゃがみ込んだ。以前、黒猫を撫でたときのイズミと同じように。

用心深い黒猫は、つやつやと光る左目で、店員を品定めしているようだった。

すると店員は、手にしていた白いレジ袋のなかから何か小さなものを取り出し、それをさらに小さくちぎって黒猫の方へと転がした。

「ほら。美味《うま》いぞ」

鼻先に転がってきた何かを、黒猫は恐るおそるといった感じで匂いを嗅ぎ——、パクリと口に入れた。

それを咀嚼《そしゃく》し、飲み込んだときから、黒猫の様子が変わった。店員への警戒心を解きはじめたのだ。

「まだあるぞ」

しゃがんだままの店員が、さらにちぎった餌をふたたび放った。

黒猫は、念のため、といった感じで少しだけ匂いを嗅ぎ、また食べた。

次に店員が投げた餌は、黒猫と店員のちょうど中間あたりに落ちた。黒猫はゆっくりと餌に近づき、食べる。

「ほら、まだあるよ。おいで」

店員は、餌をのせた右手を黒猫に向かって差し出しながら呼びかけた。

そして、黒猫は「距離感」を放棄した。

餌に惹《ひ》き寄せられるようにすたすたと近づいたと思ったら、店員の右手から直接、餌をもらったのだ。

店員は、餌を食べている黒猫の背中を撫でた。

「みゃあ」

黒猫が甘えるような声で鳴いた。

店員は、さらに白い袋のなかから肉の塊のような餌を取り出すと、それをちぎって黒猫に食べさせてやる。

以前、イズミとの距離を強引に詰めようとして失敗した店員は、黒猫との距離を詰めることには成功したようだった。

上品なつやのある黒猫の毛並みを撫で回しながら、店員は人の好さそうな笑みを浮かべていた。

「キミは美人さんだなぁ」

言いながら餌をやり、撫でて、餌をやり、撫でて――。

ふと、こちらを見上げた。

目が、合った。

いや、違う。

店員に、ボクは見えていないのだ。

黒猫が餌をせがんで甘ったるい声を出す。

その声が合図になったように、こちらを見上げていた店員の顔から、すうっと笑みが消えた。

それはなんだか咲いていた花が閉じていくようにも見えた。

ボクは、ふと、隣のパンジーを見た。

昨日から元気に咲いている花が、一輪。

あの店員の笑顔みたいに、しおれかけた花が、二輪。

残りのいくつかは、まだつぼみのままだった。

ふたたび黒猫が甘えた声を出した。

「はいよ。これで最後だけど」

店員はこちらから視線を外して、袋に残っていた餌をすべて黒猫の前に置いてやった。そして、おもむろに立ち上がった。

ちらり。

店員は、ふたたびこちらを一瞥《いちべつ》した。

そして、「またね」と黒猫に挨拶をすると、コーヒースタンドの方へと歩き出した。

店員への返事もせず、ひたすら餌に齧《かじ》りつく黒猫。

遠ざかっていく店員の背中に、ボクはなんとなく、しおれかけたパンジーの姿を重ねてしまった。

イズミ、イズミ——ユキ

「ただいまぁ……」

いつもより少し遅めに帰宅したイズミの声に、疲労がへばりついていた。

珍しくお酒を飲んできたようで、少し足元がおぼつかないようにも見える。

おかえり、イズミ——。

ボクは、いつもと同じように金魚鉢のなかをイズミに向かって泳いだ。

コツン、と鼻先にぶつかる冷たいガラスの壁。

これ以上前には進めないと知っているのに、それでもやっぱりボクの尾びれはひらひらと動いてしまう。

イズミはまずシャワーを浴びて、少しリラックスした顔になってから餌をくれた。

「はあ……、人生いろいろだよ、ユキちゃん」

餌を食べているボクを横から覗き込みながら、イズミはふっと淋しそうに微笑んだ。

それからイズミは、布団のなかで読書をはじめた。

枕元にはスマートフォン。

ときどきページから視線をはがして、壁の時計をちらりと見ていた。時間が気になるらしい。

スマートフォンが振動したのは、それから三〇分も経った頃だった。

読んでいた本を枕元に置き、代わりにスマートフォンを手にしたイズミは、「もしもし、お母さん？　遅かったね」と、表情とは裏腹に、元気そうな声を出した。

イズミは、スピーカーフォンにはせず、端末を耳にあてて話していた。だからボクにはイズミの声しか聞こえなかった。それでも、だいたいの会話の内容は分かった。

イズミのお母さんが実家から食べ物を詰めた段ボールを送ってくれたけれど、昼間、イズミは仕事に出ていたから、まだ受け取れていないということ。イズミのお父さんが病気で、このところあまり調子がよくないということ。

そして、もうひとつ。

最近、イズミがちょくちょくお母さんに連絡をしていることで、むしろお母さんはイズミに何かあったのではないかと心配になっているということだった。

「え？　ただ、なんとなく電話してるだけだよ。ぜんぜん平気──っていうか、べつに何もないよ」

イズミは、ボクの方を見ながらそう言った。

本当に？

何もない？

ボクは心で問いかけた。

きっと、お母さんも同じことを訊いたのだろう。

「本当だってば」

そう答えて、イズミは小さく笑ってみせた。

　でも、実際に笑っているのは声だけで、目はほとんど笑っていなかった。イズミの顔を見ていないお母さんには、この微妙なニュアンスは伝わらなかったかも知れない。

　お母さんとの通話は五分ほどで終えた。

「はあ……」

　スマートフォンを手にしたまま、イズミは布団の上で膝を抱え、湿っぽいため息をもらした。そして、ほんの少しだけ泣いた。

　イズミ……。

　ボクは夜空を見上げた。

　のっぺりとして表情のない春の夜空は、雲に覆われていた。

　頼りになる月は、その気配すら感じられなかった。

　だからボクは水面ぎりぎりまで浮かんでから、身体を横にした。そして、尾びれを振った。

ぽちゃん。

静かな部屋に、水面を叩いた音が響く。

抱えた自分の膝を見つめていたイズミが、顔を上げた。

ボクを見てくれた。

イズミは少し驚いたような顔をしていた。

イズミ。

イズミ。

ボクはイズミに向かって泳いだ。

ガラスの壁がボクを通せんぼする。

それでも、ボクは鼻先でぐいぐいとガラスを押し続けた。

すると、イズミがゆっくり立ち上がった。

ボクのいる出窓の方へと歩いてきたのだ。

イズミ。

でも、イズミは、ボクではなくてパンジーの前に立ち、はじめてつぼみに触れたときのように、咲き誇る花びらを指先でそっと撫でた。

感情の半分が抜け落ちてしまったような瞳。

薄く開いた唇。

いまのイズミは大丈夫なんかじゃない。絶対に。

そう確信した刹那――。

イズミの指がしおれかけたパンジーの花をつまみ、付け根に爪を立てた。

ブツ……。

その音は小さかったけれど、いや、小さいからこそ、むしろ、ゾッとするような響きをまとっていた。

しおれかけた花が、引きちぎられた。

え……イズミ？

あっけにとられたボクは、泳ぐことすら忘れて、ぷかっと水面に浮き上がりかけた。

するとイズミは、さらにもう一輪のしおれかけた花を摘んだのだ。

ブッ……。

引きちぎられた二輪の花が、イズミの手のひらにあった。

イズミはゆっくりとこちらに背を向けた。そして、こたつの方に歩いていき、ゴミ箱のなかに二輪の花を捨てた。

ボクは固まったまま、つぶやいた。

イズミ、どうして……。

イズミは少しのあいだ、立ったままゴミ箱を見下ろしていた。しかし、「ふう……」と力なく息を吐くと、部屋の照明を落とし、もぞもぞと布団に潜り込んだ。

ボクは、パンジーを見た。

薄暗がりのなか、パンジーは色彩と存在感を失い、薄っぺらなモノクロームに変わっていた。

月は——。

思わず窓越しに夜空を見上げた。

ボクの友達は、無慈悲な雲に隠されたままだった。

パンジー……。

ふたたび、隣を見た。

しおれかけた二輪の花を摘みとられても、咲いたばかりの一輪は、ボクに元気な花を見せてくれていた。

未来を彩《いろど》るつぼみもまだ、いくつか残されている。

イズミは布団のなかで丸くなって、背中をこちらに向けていた。掛け布団に隠されたその背中は、なんとなく、彩りのある未来を拒否しているようにも見えた。

もしも、いま、チーコがいたら――。

きっとイズミの布団に潜り込んで、丸まった背中をさすってあげるだろう。

ボクは、ただ、小さな金魚鉢のなかから、丸くなったイズミを見詰めているだけだった。

「ぜんぜん平気——っていうか、べつに何もないよ」

さっき、イズミがお母さんに言った台詞を思い出す。

ぷく……。

秘密を晒《さら》したあの夜、チーコに言われたように、イズミは太陽さんに気持ちをぶつけて、懐に飛び込もうとしたのだろうか？

ボクは、想像し、妄想した。

でも、膨らんだイメージは、あっという間に飽和して、風船みたいに割れてしまった。

ボクにはイズミに関する情報が足りなかった。

悲しいくらいに足りなかった。

足りていたとしたら、ボクに何かができる？

自問したボクは、うっかり自分の心を凍らせてしまった。

ぷく……。

曇天の休日——。

イズミは、ボクの入った金魚鉢をそっと抱えて風呂場に持っていった。

風呂場の床には、すでに水を張ったオレンジ色の桶《おけ》が用意されている。

金魚鉢の水換えだ。

普段からイズミは、水が濁ると、金魚鉢の水を半分ほど捨てて、新たに澄んだ水を注ぎ足してくれる。

でも、今日は、それだけではない。いったん全ての水を捨てたうえで、ガラスや底の砂利に付いた水苔《みずごけ》を綺麗《きれい》に洗ってくれるのだ。

イズミはまず金魚鉢を傾けて、風呂場の床に水を流していった。

半分に満たないところまで水が減ったところで——。

「あ、網……」

いつもなら目の細かい白いネットでボクをすくって、いったん水を張った桶に移すのだが、どうやらイズミは網を準備しておくのを忘れてしまったらしい。

「ま、いっか」

つぶやいたイズミは、金魚鉢を抱えて桶の上で傾けた。残った水ごとボクを桶に流しこもうとしたのだ。

ボクは、つい恐怖のあまり水の流れに逆らうように泳いでしまう。

「ユキちゃん、こっちだよ」

イズミの声が聞こえた。

それと同時に、ボクの目の前に何か大きな壁のようなモノが立ちふさがった。

ナニ、これ？

次の瞬間、大きなその壁が、ボクを水ごと下流へ押し出そうとした。
慌てて水流に逆らって泳いだボクの鼻先に、その壁が触れた。

やわらかい。

でも、熱い。

お腹にも、触れた。

触れた部分は、ひりひりするほど熱かった。
あっという間に金魚鉢に残っていた水はほとんどなくなり、最後に残ったボクは、
ついに、その壁に押し出されてしまった。
金魚鉢の口から桶に張った水へと落ちていくとき――。
ふいに世界がスローモーションになった。

手？

イズミの、手なの？

落下しながらボクの目に映ったものは、ボクを見下ろしているイズミと、イズミの手だった。

壁になってボクを押し出したのは、イズミの手だったのだ。

触れられた。

はじめて。

イズミに。

ボクの心臓は発熱した。

ぽちゃん。

尾びれから桶の水のなかに落ちた。

すぐさまボクは泳いだ。必死に。役立たずな尾びれを全力で振って。

イズミ。

イズミ。

でも、イズミは「餌はあとでね」と小さく笑って、金魚鉢と砂利の掃除をはじめるのだった。

イズミ。

イズミ。

ほとんど無意識のまま、ボクはイズミの方へと泳ぎ続けた。でも、オレンジ色の桶のつるりとしたプラスチックの壁がボクを遮った。

やがて――、ボクは泳ぐことに疲れ切ってしまった。

尾びれは、もう、ほとんど動かない。

でも、イズミに触れられた鼻先とお腹のあたりが、ひりひりと甘く痛んでいた。

驚くほど熱かったイズミの手。

ボクはイズミの体温を知ったのだ。

めまいがしそうな幸福感を味わいながら、同時に、軽い頭痛もはじまっていた。

カルキ臭の残る新しい水に入れられると、いつもこうなるのだ。

ぷく。

しばらくして金魚鉢の掃除が終わり、ボクはもとの出窓に戻された。

金魚鉢のガラスはぴっかぴかに磨き込まれていた。

水も透き通っていて、泳ぎながら水底を見ると、ボクは自分が空中に浮かんでいるのではないかと錯覚するほどだった。

でも、毎度のことだけれど、頭痛はさっきよりひどくなっていた。ボクはもうよく分かっている。だいたいこれから丸一日くらいは頭痛が続くし、身体もぐったりして、食欲さえ失《う》せてしまうのだ。とにかく、水からカルキ臭が抜け切るまで、ボクはじっと我慢するしかない。

その夜——。

ボクは頭痛で朦朧《もうろう》としつつも、ふたたび見てしまった。しおれかけたパンジーの花を、無慈悲なイズミの爪が摘み取り、そして、あっさりゴミ箱に捨ててしまう瞬間を。

○○ ○○ ○○

思いがけないことが起こったのは、黒猫の家の庭の大樹のつぼみが、いっそう膨らんできた日のことだった。

ボクの餌が変わったのだ。

これまでずっと、イズミは同じ餌を食べさせてくれたのに、なぜか今朝から、色も、粒の大きさも、匂いもまったく違う餌になっていた。

「ユキちゃん、美味しい？」

悪気のない微笑をたたえながら、イズミがボクに訊く。

不味《まず》いよ……。

すごく、不味い。

いつもの美味しい餌に戻して欲しい。

ボクは心のなかでクレームを叫んだ。

それでも、やっぱり空腹には勝てなくて、渋々ながらも不味い餌を口にするのだった。

声のないボクには、イズミに気持ちを伝える術がない。

もしもイズミが「不味い？」と訊いてくれれば、ボクは身体を縦に動かして「うん」と答えることができる。でも、イズミは決まって「美味しい？」と訊く。だからボクは、試しに首を横に振ってみたけれど、でも、その動きはイズミにとってはいつものボクの泳ぎとまったく同じに見えるらしかった。

だから、その後も不味い餌が続いた。

それでも、三日ほどその餌を食べ続けていたら、さほど不満を抱かなくなった。あれほど不味いと思っていた餌なのに、いつしかボクの口は慣れてきたようで、三日前に抱いた不快感がほとんどなくなっていたのだ。

餌がたいして美味しくなくても、お腹がいっぱいになりさえすれば、とりあえず気持ちは落ち着くものらしい。

しかも、かつての美味しかった餌の味を、ボクはすでに忘れかけていた。

慣れって、すごい——。

以前より不幸になったことが気にならなくなるし、いまよりしあわせだった頃の記憶をどんどん薄めてくれるのだ。

ようするに慣れというのは、心を「いま」に置けるようになることで、もしかすると、それは、しあわせに生きるためのコツのひとつかも知れない。

ボクは、この餌に慣れた。

でも、イズミはまだ太陽さんのいない、ひとりぼっちの日々に慣れていない。だから、ときどき、魂ごと抜けてしまいそうな深刻なため息をつくし、鳴らないスマートフォンをぼうっと見つめたりしているのだろう。

大樹のつぼみは膨らんでいく。

水のカルキ臭は抜けていく。

ボクは不味い餌に慣れていく。

パンジーは次々と開花していく。

月はゆっくりと移動し、雲は風に流されていく。

刻《とき》は揺るぎない力で流れ続け、この世界はつねに変わり続けている。

そんななか――、唯一、イズミだけは、太陽さんと一緒にいた過去にしがみつき、灰色の時間の底でじっとうずくまっているように見えた。

その夜も——。
イズミは、小さなため息をこぼしながら、しぼみかけたパンジーの花殻《はながら》を摘んだ。
そして、そっとゴミ箱に捨てた。

残されたパンジーの未来は、あと三つ。
もう、咲かないでいいよ。
ずっとつぼみのままでいいからね。
ボクはパンジーの命が続くことを祈るばかりだった。

○○○

翌日、イズミから思いがけないプレゼントがあった。
金魚鉢のなかに藻《も》を入れてくれたのだ。

砂利の底から水面に向かってゆらゆらと伸びる、くすんだ緑色の藻が二本。

藻は、ボクと話すことはできないし、パンジーのようにつぼみがあるわけでもない。

ただ、ボクの視界を遮るだけの存在だった。

イズミには悪いけれど、正直、このプレゼントは、ありがた迷惑でしかなかった。

ところが、小一時間ほど窓辺の陽光を浴びていると、藻の表面にぷくぷくと無数の小さな空気の泡がつきはじめた。すると、どういうわけだろう、ボクはやたらと気分がよくなってきたのだった。

これまでとは比較にならないほど呼吸がラクだし、なぜか頭もスッキリとするのだ。

夕暮れ時――。

窓ガラスの向こうの空から、パイナップル色の陽光が差し込んできた。

するど、藻の表面についていた無数の小さな泡たちが、まるで黄色い果実のように光り輝いた。

ボクは、なんだかとても嬉しくなって、その光の粒のひとつを口先でチョンとつついた。

すると、それは藻から分離して、ゆっくり、ゆっくり、水のなかを浮上していった。

やがて、きらきら光る水面に到達すると、ほんのかすかな音を立てて消えた。

ボクはそれが面白くて、ふたつ、みっつ、と黄色い果実のような泡をついて遊んだ。

イズミは、そんなボクの様子を金魚鉢の横からぼんやりと眺めていた。でも、その視線は、ボクを通り越して、ずっと先の方で焦点を結んでいるようだった。

キセツヲオモウ——ユキ

しっとりとした雨降りの日——。

夜になってもイズミは帰ってこなかった。

しかも、イズミはカーテンを閉めたまま出かけてしまったから、路地の風景を見られなくて、いつも以上に深刻な退屈と戦うハメになったうえに、朝から何も食べていないから空腹で目がまわりそうだった。

カーテンの向こう側から染み入ってくる雨音。

どうしても気分が鬱々としてしまう。

藻のおかげで呼吸はラクだけれど、そのことにもすっかり慣れてしまって、いまはとくに嬉しくさえ思わなくなっていた。

慣れって、怖い。

イズミは、いま、どこで誰と何をしているのかな?

遅くなるのなら、せめて朝、餌を多めにくれればよかったのに。

ボクは少しばかり苛立《いらだ》っているみたいだった。

苛立ちと同時に、イズミのことが心配でもあった。

心配だからこそ苛立っているような気もした。

大好きだけど、少し嫌いになるときもある。

苛立つけれど、ちゃんと心配はする。

もしかすると、心のなかには、いつも正反対のものが同時に存在していて、たまたま比重が大きい方を「そのときの感情」として受け取っているだけなのかも知れない……。

たとえば、餌が不味くなって悲しみを感じていたとき、ボクは美味しい餌を食べていた頃のしあわせな気持ちを考えていた。金魚鉢の水を換えてもらったときも、それまで慣れ親しんだ汚れた水の匂いを憶った。

嬉しいと、悲しいときのことを思う。

悲しいと、嬉しいときのことを思う。

最近、ボクは「悲しみと自由」について考えている。

じつは、多くの悲しみは、幸せの土台の上にあるのではないか、と。

イズミは、いま、悲しみを抱えながら生きている。

でも、よく考えると、イズミは「自由」という土台の上で太陽さんとの別れを経験し、そこに「悲しみ」の花を咲かせているのだ。

じゃあ、ボクは？

ガラスのなかに閉じ込められている「不自由」で「悲しい」金魚だ。

もっと言うと、目から涙が出ないことも悲しいし、心で泣いてもそれを表情で伝えることすらできないことも悲しい。仮に、涙を流せたとしても、その涙に気づいてくれる人もいない。悲しくても表情ひとつ変えられない。悲しんでいるイズミを言葉で慰めたいし、ボクが悲しいときは、イズミの言葉で慰められたい。それなのに、ボクはイズミと心を通わせることすらできないのだ。

それもまた、悲しい。

太陽さんと離ればなれになってから、イズミはまるで人生の半分を失ったかのような、薄い笑い方をするようになっていた。少なくともボクにはそう見えた。でも、その分、かつてのようにボクにかまってくれるようにはなった。なったけれど……、イズミの背中は明けても暮れても少しだけ丸まって見えるのだ。

それも、悲しい。

ボクは思う。

たとえすべてを失ったとしても、イズミはまだ自由を手にしているのに。

少なくとも、金魚鉢の外で生きられるのに。

「ねえ」と呼びかけたら、「なあに？」と返事がもらえる。

「ねえ」と呼びかけたら、「みゃあ」と鳴いて誰かに撫でてもらえる。

自由な世界にいる人や猫にとっては、「たったそれだけのこと」だと思うのかも知れない。

でも、ボクには痛切に分かっていた。

それが、どれほど幸せなことかを――。

そうだよね、パンジー？

ボクは、ボクとよく似たパンジーに心で語りかけた。

パンジーはとても不自由な生き物だから、返事もできなければ頷くこともできない。ボクのように泳ぐことさえもできないのだ。

唯一できることといえば、誰にも気づかれないような速度で、静かにつぼみを開いていくことだけだ。

人も、猫も、一度はボクのように金魚鉢のなかで暮らしてみればいい。あるいはパンジーみたいに、言葉もなく、動くこともできず、土に根を張った生き方を味わってみるといい。

そうしたら、きっと気づくだろう。

いま、この瞬間、自分がどれほどのモノを手にしているか。そして、これからどれほどのモノを手に入れられる「可能性」があるかということに。


そこまで考えて、ボクは後悔した。

こういう気分のときは、思索をやめなくてはいけない。

考えれば、考えるほどに、鬱々とした時間が長くなってしまうから。

だから、そう。

ぼんやりしていよう――。

ボクは「角」のない小さな世界の真ん中で、頭を空っぽにすることにのみ心を砕きはじめた。


ぷく……。

◦◦◦

翌日。

雨上がりの朝。

外泊をしたイズミが、ひっそりと帰宅した。

昨日は、髪をアップにして出かけたのに、今朝は無造作におろしていた。

イズミの表情はどこかくたびれて見えた。でも、シャワーを浴びて部屋着に着替え、布団に潜り込む前に、ちゃんとボクに餌をくれた。

そのときイズミは、いつもよりもいっそうやわらかな声色で、

「ほら、ユキちゃん」

と言って出窓のカーテンを開けてくれた。

薄暗かった部屋になだれ込む、みずみずしい朝の光。

よく晴れた水色の空がまぶしくて、ボクの目はじんじんと痛んだ。

「桜、咲きはじめたよ」

サクラ――。

ボクは、いったん食事を中断して、イズミの視線を追った。

視線の先には、黒猫の家の大樹があった。

無数に伸ばした枝と、数えきれないほどのつぼみ。

そのつぼみのなかのいくつかがほころんで、白くて小さな花を咲かせていた。パンジーよりもだいぶ小さな花びらだけれど、透明感あふれる朝日を浴びながら、ふるふると春風に揺れている。

よく見ると、白い花びらには、ほんのりと淡いピンク色が混じっている気がした。

「これからあのつぼみたちが一斉に咲いて、夢みたいな季節になるんだよ……」

そう言ってイズミは、まさに素敵な夢を見ているみたいな遠い目をした。

その目を見たとき、ボクはハッとした。

イズミの声色から、安堵と希望が滲み出ていることに気づいたのだ。

もしかすると――、しばらく止まっていたイズミの時間がゆっくりと動き出したのかも知れない。そうだとしたら、イズミの「気持ち」は、ふたたびボクから離れてしまう。

ぷく……。

イズミの言葉どおり、この日を境に、黒猫の家の桜は、まさに夢のように一斉に開花し、季節を彩った。そして、ボクの予想通り、イズミの「気持ち」は、ボクから離れていったのだ。

イズミの表情は桜の開花と比例してみるみる明るくなり、ボクは以前のようにぼうっとしていることが多くなった。

イズミのスマートフォンには、ほぼ毎晩、電話がかかってきたり、メッセージの通知が来るようになった。イズミは、ボクのいる金魚鉢よりも、小さな画面を見詰めている時間に幸福を覚えているように見えた。

ある夜、チーコから電話をもらったイズミは、しみじみとこう言った。

「ほんと、チーコのおかげだよ」

イズミの爪は、きれいなマニキュアで彩られた。

その爪が、またひとつしおれかけたパンジーの花を摘み取り、それをゴミ箱のなかに捨てた。

パンジーの未来は、あとふたつ。

もう、咲かないでいいのに……。

いよいよ、黒猫の家の桜が満開になった。

その夜のこと——。

ちょっと思いがけないことが起きた。

仕事帰りのイズミが久しぶりにコーヒースタンドに立ち寄って、コーヒーを買って帰ってきたのだ。しかも、そのとき店の販売窓口に立っていたのは、あの茶色いキャップをかぶった店員だった。店員がイズミにコーヒーを手渡すと、ふたりは軽く手を振り合って別れた。

そして、路地をこちらに向かって歩きはじめたイズミの背中を、店員はホッとしたようなやさしい顔で見送っていた。

帰宅したイズミは、以前のようにこたつに着いて、淹れたてのコーヒーを口にした。そして、

「ふう、美味しい……」

と、以前もよく口にしていた台詞をつぶやくのだった。

太陽さんとのこと。

コーヒースタンドの店員とのこと。

イズミの人生に生じていた二つの「問題」が解決し、元どおりになった。イズミの心から濁りがとれてクリアになったことで、その表情までもが明るくクリアにな

っていた。

そして、その分だけ、ボクの金魚鉢の水は濁りがちになった。

せっかく治りかけていたお腹の皮膚のただれも、きっと少しずつ悪化していくのだろうな、と思う。

○○ ○○ ○○

翌日は、昼過ぎから雨が降った。

満開の桜もびしょ濡れで、ボクには凍えているように見えた。

黒い雲から落ちてくる銀糸は、絶え間なく花びらに命中し続けた。力無い花びらは容赦なく撃ち落とされ、アスファルトに散らばった。そして、その花びらの一部は、宅配便のトラックのタイヤに踏みつけられ、清楚《せいそ》な「華」を失った。

雨は、時間とともに激しさを増した。

それでも――、ほとんどの花びらは、細い枝にしがみつき、雨のなか咲き続けていた。

あのつぼみたちが一斉に咲いて、夢みたいな季節になるんだよ……。

胸のなかでイズミの声がこだました。

いつしかボクは、桜に親近感を覚えていた。

アスファルトに落ちた花びらにも。

○○○

いつもの時刻になっても、イズミは帰宅しなかった。

ぼうっとすることにすらくたびれてしまったボクは、過去のいろいろなシーンを思い出しながら時間を潰すことにした。

心の澱を霧散させたいから、素敵な思い出だけを丁寧に選び出して、そのときの感情をなるべく鮮やかに胸裏で再現することにした。そして、その感情を噛み締めながら時間をやり過ごした。

深夜になっても雨脚は弱まることがなかった。

雨に煙る路地の奥に人影が現れたとき、ボクはうつらうつらしていた。でも、その影がイズミだと分かった瞬間、ボクの尾びれはスイッチが入ったように動きはじめた。

イズミ。
イズミ。

慌てて泳いだボクの鼻先が、冷たいガラスにぶつかった。
そして、その刹那——、まるで全身の神経が痺《しび》れたように、ボクの身体は硬直していた。

え？

ボクは、固まったまま、ぷかぁ、と浮上していった。
儚い泡みたいに、力なく、ゆっくりと。

路地をぼんやりと照らす街灯の明かり。
銀糸となって黒い空から落ちてくる雨。
その雨からイズミを守っているのは――、
紺色ではなく、黒い大きな傘だった。
そして、同じその傘のなかに、ボクがよく知る男の顔があった。

ひとつの傘に入ったふたりが、アパートの真下まで歩いてきた。外階段を登る足音がして、鍵が開けられ、部屋のドアが開かれた。

ボクは身体を反転させて、室内に目を凝らした。

「散らかってて恥ずかしいんですけど……」

「あはは。ぜんぜん大丈夫。お邪魔します」

玄関から聞こえてくる声。

すぐに、ふたりがこの部屋へと入ってきた。

照明が点けられて、ボクは男の顔をきっちりと確認した。

男も、ボクの方を振り向いた。

「あ、金魚」

「うん」

「あれがユキちゃん？」

「そう」

イズミが頷いた。

ぷく……。

見慣れた笑みを浮かべながら、男がこちらに近づいてきた。そして、ボクを上から覗き込んだ。

「よろしくね」

男は人差し指の爪で、金魚鉢を軽くこつこつと叩いた。

釣られて微笑んだイズミが、男の背中に声をかけた。

「ユキちゃんは、一日中、その窓から太陽さんのことを見てられるんだよね」

イズミの言葉を聞いた瞬間、ボクの頭のなかは真っ白になった。

太陽さん？

この男――、コーヒースタンドの店員が？

「そっか。じゃあ、この金魚は俺の顔を知ってるのかもね」
「うふふ。知ってると思うよ」
「ってことは、雪の日の翌日にコケたのとかも見られてたりして」
「え、そんなことがあったの？」
「うん。店の前で盛大にコケてさ……、通行人に見られて恥ずかしかったなぁ」

後頭部を掻きながら苦笑する太陽さんを見て、イズミもくすくすと幸せそうに笑う。

他愛ないおしゃべりに興じながら、ふたりは上着を脱いでハンガーにかけた。そして、いつものコーヒーをこたつで飲みはじめた。

ボクは、そんなふたりを眺めながら呆然としていた。

まさか、コーヒースタンドの店員が、前田太陽さんだったなんて——。

じゃあ、ボクが太陽さんだと思っていた人は、いったい誰なんだろう? 紺色の大きな傘は、誰のもの?

あれこれ考えてしまいそうになるけれど、でも、いまはそれどころではない。目下のボクの興味は、とにかくすぐそこにいる親密そうなふたりの姿にあった。

声しか知らなかったはずの「あの太陽さん」が、この部屋に居るという圧倒的な違和感——。

思えば彼は、はじめてこの部屋に入ってきた「チーコ以外の部外者」なのだった。存在を感じるだけで、ボクはひたすらそわそわしてしまう。

しばらくすると、太陽さんがボクを見ながら言った。

「ねえ、イズミ」

「ん？」

「ユキちゃん、さっきから俺たちの方を見てるけど、お腹が空いてるんじゃない？」

すると、イズミが「あ、そうかも」と頷いた。

「餌、あげないと」

イズミが立ち上がり、こちらにやってきた。その後を追うように太陽さんも近づいてくる。

いつもの餌をイズミがパラパラと水面に撒いてくれた。

不味さに慣れた餌にも本能が発動して、ボクは餌を食べはじめた。

でも、ボクの視線は、ボクを見下ろすふたりから離せないままだった。

「あ、このパンジー」太陽さんがイズミに話しかけた。「前に俺がプレゼントしたやつ？」

「うん。たくさん咲いてくれたよ」

「そっか。それはよかった」

ふたりは鉢植えを見下ろした。

花を失い続け、ほとんど茎だけになったパンジー。

残された花は、わずかに一輪。

しかも、すでにしおれかけていた。

「パンジーってね、しおれかけた花殻《はながら》をどんどん摘み取っていかないといけないいんだって」

そう言ったイズミの指が、しなしなになった花びらに触れた。

「そうなの？」

「うん。ちゃんと摘み取らないと種を作ろうとするから、そっちにエネルギーを使っちゃうんだって」

「ってことは――」

「その後に咲かせる花の数が減ったり、開花している期間が短くなったりするの」

「へえ」

「だから、わたしも気づいたら摘むようにしてたんだ。そしたら、本当にたくさん花を咲かせてくれた」

イズミが、しおれかけた花を摘んでいたのには、そんな理由があったのか――。

ボクは、餌を食べることすら忘れて、イズミの言葉に聞き入っていた。

「人間と同じなんだね」

太陽さんが、パンジーを見下ろしながら腕を組んだ。

「え、人間と？」

小首を傾げたイズミ。

「うん。パンジーを咲かせるのってさ、ようするに、過去には執着しないで、さっさと忘れて、とにかくいまこの瞬間に、すべてのエネルギーを費やすってことなんだなぁって思った」

太陽さんの口元には、小さな笑みが浮いていた。

「そっか。そうかもね」

頷いたイズミの頬には、小さなえくぼが浮かんでいる。

「で、イズミさ」

「ん？」

「この最後の一輪は、どうするの？」

イズミは少し考えたけれど、すぐに問いを返した。

「どうしよう……」

ボクは、パンジーを見た。

すでにしおれかけた赤い花びらが、ボクにはむしろ愛おしくさえ思えた。

太陽さんがゆっくりとしゃべり出した。

「これを摘んでも、次に咲かせるつぼみもないし」

「うん」

「試しに、ちゃんと種ができるかどうか、このまま待ってみる?」

太陽さんの提案に、イズミのえくぼが深くなった。

「そうしてみようかな」

「じゃあ、そうしよう」

「わかった」

「で、どうやって種ができていくのか、俺も観察してみたいからさ」

「うん──」

「ときどき、また遊びにきていいかな」

「え……」

一瞬、固まったイズミの表情が、ふわっと緩んだ。

「うん」

イズミの顔に、パンジーよりも明るい笑みが咲いた。

これからボクも、ふたりと一緒にパンジーの種ができていく様子を見つめることになる――、ということは、イズミは、ますますボクより太陽さんを見つめることになり、そしてパンジーに関心を寄せるのだろう。

ボクだって、過去に執着しないことなら少しはできるようになったつもりだ。でも、いまこの瞬間ではなく、未来に想いを寄せずにはいられなかった。

なんとなく、そんなボクの未来がついえたような気がしたその夜――、イズミと太陽さんの未来がはじまった。

黒い大きな傘を分け合ったように、ふたりはひとつの布団のなかで寝た。

ボクには、分かる。

イズミと太陽さんは、お互いがお互いのモノになった。

お互いがそれぞれの一部になった。


あのつぼみたちが一斉に咲いて、夢みたいな季節になるんだよ……。


イズミ自身の言葉どおり、イズミの季節は夢のように花開いていた。

イズミと太陽さんが寝付くと、薄暗い部屋に静かな雨音が満ちた。

それは、桜の花びらを射抜く音にも聞こえた。

こんな夜だというのに、月は、うっすらとさえ地上を照らしてくれなかった。

ボクは、パンジーを見た。

しおれかけた最後の一輪。

ほんの一縷《いちる》の望みを「種」という未来に託せることになった「もの言わぬ隣人」に、はじめてボクは「触れたい——」と思うのだった。

ぷく……。

五章

テヲフルヒト――ユキ

レモン色の朝日を浴びて、つやつやと輝く黒い背中。

ボクは黒猫を見下ろしていた。

黒猫が朝から姿を見せるのは、とても珍しい。

塀の上を歩いていた黒猫は、前触れもなくひょいと飛び降りて、アスファルトにつくられた桜の樹の日陰で腰を下ろした。

真夏には、真夏なりの快適な場所があることを黒猫は知っている。


「イズミ、洗面所に携帯忘れてたよ」

「あ、ほんとだ。ありがとう」

ふたりの声がして、ボクは室内に目を向けた。

寝ぐせ頭のまま歯ブラシをくわえた太陽さんと、鏡に向かって口紅を引くイズミ。

ふたりがお互いにお互いの一部になったあの日から、時間はするすると流れて、気づけば一年と少しが経っていた。

いまでは太陽さんがこの部屋に泊まっていくことも増えて、ふたりはある種の「生活感」を共有しはじめている。


「あ、そういえばね」

口紅を引き終えたイズミが、鏡から視線を外して太陽さんを見た。

「わたしが困ってた先輩のことなんだけど」

「あ、うん、例の人ね」

歯ブラシをくわえたまま、太陽さんがもごもごと返事をする。

「もうすぐ、いなくなるの」

「え?」

「転職するんだって」

「おっ、よかったじゃん」

「もともと仕事ができる人だから、大手からヘッドハンティングされたみたい」

「そっか。新しい会社で、新たな女性が犠牲者にならないといいけど」

「だよね」

冗談めかした太陽さんと、苦笑いしながら頷いたイズミ。

交わした言葉は軽かったけれど、それぞれの表情にはホッとしたような色が見え隠れしていた。

太陽さんとイズミの会話によると、その先輩は、社内でも知られたプレイボーイで、イズミを食事に誘って口説いてきたものの、イズミは全く応じなかったのだそうだ。しかも、自分が断られた理由を教えてもらえなかったことでプライドを傷つけられ、以来、リベンジのためか、ことあるごとにイズミにつきまとっていたらしい。もちろん、同時進行で他の女性にも手を出しながら。

同じ会社にその先輩がいることに強いストレスを感じていたイズミは、幾度か転職を考えた。でも、そのたびに「イズミが辞める必要ないって」とチーコになだめられてきたのだった。

「イズミ」

「ん？」

「チーコちゃんの言うとおり、転職しなくてよかったね」

歯磨きの泡がこぼれないよう、ちょっと上を向きながら太陽さんが言う。

「うん。よかった。ほんと」

素直に頷いたイズミは、鏡の前で細い銀色のネックレスをつけた。太陽さんからもらった誕生日プレゼントだ。さらに、チーコとお揃《そろ》いで買ったパールホワイトの腕時計を左手首に巻く。

いったん洗面所で口をゆすいだ太陽さんが、ふたたび部屋に戻ってきた。すると、イズミが笑いをこらえて眉尻を下げた。

「太陽くん」

「ん？」

「洗面所で、鏡、見た？」

「え？　見たけど……」

「寝ぐせ、ドラえもんに出てくるスネ夫みたいだよ」

言って、イズミが小さく吹き出した。

「えーっ、マジで？」

笑いながら自分の髪に触れた太陽――、くん。

この一年で「太陽さん」から「太陽くん」へと呼び名が変わっていた。もちろん、ふたりの関係性も大きく変わった。

ボクは「ユキちゃん」のままだけれど。

「その寝ぐせのまま、うっかり外出しないでね」

「それはさすがに大丈夫。出かけるときは帽子をかぶるから」

太陽くんがこの家に来るようになってから、イズミが笑顔でいる時間がずいぶんと増えた。

でも、それと同じくらい、不安そうな顔をする時間も増えていた。

しあわせが大きくなると、その大きさに比例して、失ったときの悲しみも大きくなる。だから人は、しあわせなときほど、つい未来を想って不安になってしまうのだろう。

しあわせと不安は、いつだって表裏一体の関係にある。たまたま表を見ているときはしあわせで、裏を見たときに不安になるのだ。

それと――、

あなたがいるから、わたしがいる。

わたしがいるから、あなたがいる？


イズミは、二行目のオシリに「？」をつけることがある。そういうときに、ため息をこぼす。イズミ自身もそのことには気づいているけれど、それでも、どうしても、ふとした瞬間に「？」をつけたくなってしまうみたいだ。


「あ、そろそろ行かないと」

腕時計を見たイズミが、バッグを手に立ち上がった。

「忘れ物ない？」

いつもイズミに言われている台詞を、太陽くんがそのまま口にしたので、イズミがくすっと笑う。

「うん、大丈夫」

しかし、すぐにハッとした顔をして続けた。

「あっ、ごめん。ユキちゃんの餌、お願いできる?」

「オッケー」

寝ぐせ頭を掻きながら、太陽くんがちらりとこちらを見た。少し細められた穏やかな目が、いまではボクをホッとさせてくれる。

「じゃ、行くね」

「今日は、残業なしで頼むよ」

「うん。なるべく急いで帰ってくるね」

「電車のなかでも走ってきて」

「あはは。わかった」

玄関に向かったイズミと、見送りに行く太陽くん。

「じゃあ、行ってきます」

「うん、気をつけて」

イズミが外階段を降りる音がして、すぐに路地に現れた。

ボクはいつものように出窓から見送っていた。すると、太陽くんが出窓の窓ガラスを開けた。

透明感あふれる夏の朝日のなか、イズミがこちらを振り返り、小さく手を振った。太陽くんも手を振り返し、ボクも尾びれを振る。

そんなイズミの様子を桜の木陰から見ていた黒猫が、ふとこちらを振り向いた。

黒猫と、

目が

合った――。

外から中が見えない窓ガラスが開いた状態で、はじめて……。

黒猫。

ボクは、さらに尾びれを振ってアピールしたけれど、ちょうどそのとき、イズミが黒猫のそばを通って「おはよう」と声をかけたから、黒猫の視線はあっさりイズミに奪われてしまった。

黒猫は返事もせず、じっとイズミを見詰めていた。

コーヒースタンドのある突き当たりを左に曲がるとき、イズミはもう一度こちらを見た。そして、ふたたび太陽くんと小さく手を振り合う。

黒猫も、イズミを見ていた。

イズミの姿が見えなくなると、太陽くんは青空を見上げて「今日も暑くなりそうだなぁ」とつぶやき、そっと窓ガラスを閉めた。

窓が閉められて、外からボクの姿が見えなくなっても、ボクはじっと黒猫を見ていた。

黒猫は何事も無かったかのようにアスファルトの上で丸くなり、いつものようにまったりとした時間を愉しみはじめた。

やがて黒猫は、左目を閉じた。

黒猫にとって――、ボクの存在なんて、ほとんど道端の石ころと変わらないのだろう。せっかく目が合ったのに、もうこちらを見上げようとすらしないのがその証拠だ。

でも、それで構わないと思う。

むしろボクは、今日を記念日にしたいくらいだ。

だって、ようやく黒猫に、ボクという存在を知ってもらえたのだから。たったひとつしかない彼の美しい目に、ちゃんとボクが映ったのだ。手も足も翼もないボクが、外の世界とつながった最初の日なのだ。

最高じゃないか――。


ぷく。


感慨にひたっていると、太陽くんの声が降ってきた。

「あ、そうだ。ユキちゃんに餌をやらないとな」

すぐに、水面にパラパラと餌が撒かれた。

太陽くんが餌をくれるときは、たいていイズミのときよりも少し多めだ。

ぱくぱく餌を食べているボクを見て、太陽くんがひとつ大きな伸びをした。

「さてと――」

つぶやいた太陽くんは、そのままキッチンに向かい、冷蔵庫からペットボトルの紅茶とサンドイッチを持ってきた。それを（こたつ布団を外した）こたつの上に置いて、ひとり静かに食べはじめた。今日、太陽くんはコーヒースタンドの仕事が休みなのだ。

朝ごはんを食べながら、太陽くんはノートパソコンを開いて電源スイッチを入れた。

そして、モニターとにらめっこをしつつ簡素な食事を終えると、太陽くんの指がキーボードの上を踊りはじめた。

カタカタカタ、カタカタ、カタカタカタカタカタ……。

キーボードが軽快なリズムを奏で、ときに、ふとそれが止む。すぐにまた奏でて、また止む。それをひたすら繰り返す。

太陽くんが小説家志望だということは、半年ほど前に知った。イズミもそれを知ったときにはとても驚いていた。恋人が小説家志望だったことに驚いたというよりも、半年ものあいだ自分に隠していたことに驚いたようだった。

「隠さなくていいのに……」

イズミはそう言って眉をハの字にしたものだ。

以来、太陽くんは、ときどきこの部屋にパソコンを持ち込んでは、こつこつと小説を書いている。もちろん、自宅ではそれ以上に書いているのだろう。コーヒースタンドの店員は、いつか小説家として食べていけるようになるまでの「仮の姿」ということにしているらしい。

ここ最近、執筆中の太陽くんは、ときどきモニターから顔を上げて、ボクをじっと見詰めることがある。しかも、見詰めながら、何かを妄想しているような遠い目をする。そして、しばらくすると、ふたたびモニターのなかの物語の世界へと帰っていく。

太陽くんは、これまでにいくつかの作品を書き上げて新人賞に応募したことがあるらしい。でも、いまのところ、まだ芽が出ていないようだった。

芽が出る——といえば、ボクの隣には、相変わらず植木鉢が置かれている。鉢のなかは土だけで、植物はなにも植えられていない。でも、今月の半ばあたりに、ふたりは「種」を蒔《ま》くことにしている。その「種」は、かつて太陽くんからもらった、あのパンジーの「孫」と言えるものだった。

じつは今年の春、あのパンジーの「種」は、見事にボクと同じ色の花を咲かせてくれたのだった。そして、その「種」をまた採取して、今度は「孫」の開花を楽しもうとしているのだ。

カタカタカタ、カタカタカタカタカタ、カタ……。

キーボードの上を滑るように動く太陽くんの指。そして、ふと顔を上げてボクを見詰める穏やかな目。その目は、なんとなくだけれど、イズミが太陽くんのことを見詰めるときの慈愛に満ちた目と似ている気がした。

その目でずっと見られていると、ボクは少し息苦しさを覚えてしまうほどだ。だから、そういうときは、あえて身体をくるりと反転させて路地の風景を眺めるようにしている。

カタカタ、カタカタカタカタ、カタカタ……。

太陽くんが小説を書く。

黒猫は、桜の木陰でまどろんでいる。

夏空は抜けるように青く、真っ白な雲がゆっくりと遠ざかっていく。

風が吹き、桜の葉が揺れ、小さな木漏れ日が黒猫の背中をきらきらと輝かせていた。

ボクは、ふと、黒猫と茶トラの喧嘩を思い出した。

あれから茶トラは一度も姿を見せていない。もしかすると喧嘩に勝った茶トラだって、黒猫と戦うのは嫌なのかも知れない。

喧嘩といえば、ごくたまに、だけれど、平和主義のイズミと太陽くんのあいだにも険悪な空気が生じることがある。でも、たいていは口喧嘩の一歩手前で、お互いじっと黙ってしまう。そんなふたりを見ていると、ボクは、やれやれ、という気分になる。だって、ふたりの心のなかには喧嘩とは正反対の感情があることを知っているから。

ふたりが喧嘩をするのは、相手のことがとても好きだからだ。好きだからこそ自分を理解して欲しくて喧嘩になる。ようするに、いつだってふたりはお互いに同じ方向を向いていたいだけなのだ。

もっと言うと、黙ったままプイッと目をそらすふたりを見ていると、ボクは軽い嫉妬を覚えることがある。

喧嘩ができるのは、そもそもふたりがしあわせだからだ。

ボクなんて喧嘩すらできないのだ。

ぷく……。

○○ ○○ ○○

午後二時に、太陽くんのスマートフォンのアラームが鳴った。

それを機に、太陽くんはスッパリと執筆の手を止めた。そして外出用のジーンズとTシャツに着替え、鏡の前で寝ぐせをチェックした。

「ほんと、スネ夫だな、こりゃ……」

苦笑しながらひとりごとをつぶやいて、横に跳ねた髪の毛の束を押さえてみたものの、手を離すとすぐにピョンと元に戻ってしまう。

太陽くんは部屋の隅に置いてあった帽子をかぶった。コーヒースタンドで働くときにかぶる茶色いキャップではなく、カーキ色のキャスケットだった。

小さなショルダーバッグを斜めがけにした太陽くんがちらりとボクを見た。

視線で「ちょっと出かけてくるよ」と言っている気がした。

ボクは軽く尾びれを振って応えた。

いってらっしゃい。

イマコノシュンカン——ユキ

太陽くんは三時間ほどで帰宅した。

出先で買ったのか、何やら取手付きの四角い箱を手にしている。

「いやぁ、あちい……」

その箱をこたつテーブルの上にそっと置いて、傍に腰を下ろした。ショルダーバッグを床に置き、エアコンのスイッチを入れ、ぷつぷつと額に浮いた玉の汗をハンカチで拭いた。

「さてと……」

太陽くんは取手付きの箱の蓋を、とても丁寧に開けた。

箱のなかに入っていたのは、白いデコレーションケーキだった。ケーキの上にはチョコレートで作られた箱が載せられている。

さらに太陽くんは、ショルダーバッグのなかから、つるりとした白い小箱を取り出すと、その小箱のなかから、いっそう小さな何かをつまみあげた——と思ったら、それをデコレーションケーキの上のチョコレートの箱のなかに入れて、そっと蓋をのせた。

太陽くんは、その「小さな何か」を、ケーキの上の小箱に隠したのだ。

隠し終えると、ケーキの箱を元どおりに閉じて、それを手に立ち上がった。

ボクの前を通りかけたとき、ふと足を止めた太陽くんがわずかに目を細めて言った。

「俺の秘密を見たからには、応援してくれよな」

秘密？

応援？

正直、ボクには、その意味するところがよく分からなかった。

でも、太陽くんは、ボクの大好きなイズミの大好きな人だし、よくボクに話しかけてくれるし、餌だってくれる。

うん。
ボクは身体全体を縦に動かして頷いてみせた。
すると、それを見た太陽くんの目が見開かれた。
「ん？　いま、頷いた？」
太陽くんは、ボクをじっと見ていた。
えっ、伝わった？
ボクのイエスが……。
伝わった！
うん。うん。
ボクは、頷けるよ。
イエスと伝えられるんだよ。

胸びれを必死に動かして、ボクはふたたび頷いてみせた。

しかし、すでに太陽くんの目からは驚きの色が消えていた。

「頷ける金魚、か……。うん、アリかもな」

ひとりごとを口にして、それに自分で頷いた太陽くんは、あっさりボクに背を向けると、そのままキッチンの方へと歩いていってしまった。そして、ケーキの入った箱を冷蔵庫のなかにしまった。

太陽くん……。

気づいてくれたんじゃ、ないの？

ぷく……。

○○　○○　○○

その日、イズミが仕事から帰ってきたのは、盛夏のお日様が沈む直前――、空が熟したマンゴー色から葡萄色《えび》へと変わりつつある頃だった。

太陽くんとの約束を守って、残業をせず、まっすぐ急いで帰ってきたらしい。

「イズミ、ちょっと急いで着替えよう。いまならまだ花火に間に合うから」

「うん」

ふたりは浴衣に着替えはじめた。

太陽くんの浴衣は落ち着いた紺色系。

イズミは、はじめてボクと出会い、そして、ボクをすくってくれたときと同じ、赤い浴衣だった。

ボクと同じ色になったイズミ――。

きっと、ふたりはこれから夏祭りに行くのだろう。

夜空に美しい提灯がずらりと並び、着飾った人たちが溢れる、あの華やかな空間に……。

イズミとの運命的な出会いを思い出したボクは、尾びれをゆらゆらと穏やかに揺らした。

「ねえ、わたし、あんず飴《あめ》を食べたいなぁ」

帯を巻きながら、イズミは太陽くんを見上げた。

「いいねぇ。俺は、焼きそばかな。ソースと青のりをたっぷりかけてもらって」

「屋台の焼きそばって、どうして美味しいんだろうね？」

「祭りの雰囲気のせいかな」

「それもあると思うけど、でも、実際に美味しい気がするんだよね」

「たしかに――」

「なんか、わたし、お腹が空いてきちゃった」

「俺も、昼飯を食べてないから腹が鳴りそう。イズミ、早く行こう」

「うん」

浴衣に着替え終えたふたりは、珍しく揃ってボクを覗き込んだ。

「ユキちゃん、行ってくるね」

イズミの指が、ちょん、と金魚鉢に触れた。そんなイズミとボクを見比べるようにして、太陽くんがにっこりと笑う。

「よし、じゃあ、行こう」

「うん」

太陽くんが促したのを合図に、ふたりは部屋の照明を消して出ていった。

暗くなった部屋から、ボクは外を眺めた。

暮れなずむ路地。

浴衣姿で肩を寄せ合って歩くふたり。

コーヒースタンドの前を曲がって見えなくなるまで、ボクはふたりを見送って、
ひとりぼっちになった。

それから、三〇分ほどが経ったとき——。


ズドン。ドン。ドドン！


遠い夜空のどこかで重低音が弾けた。

打ち上げ花火だ。

イズミと太陽くん、間に合ったかな……。

ボクは、窓ガラス越しに夜空を見上げた。

しかし、音は聞こえるものの、花火の大輪はどこにも見えなかった。

塀の上に、黒猫の姿があった。

ちょこんと置物のように座った黒猫は、ちょうどボクの部屋の上の空を見上げていた。

路地の突き当たりのコーヒースタンドの販売窓には、ここ最近よく目にする中年女性の店員がいて、彼女もやっぱりボクの部屋の上の空を見上げている。

どうやら花火の大輪は、ボクが見ている空とは正反対の方向で咲いているらしかった。

それでもボクは、夜空を見上げ続けた。

花火はなくても、あったかいオレンジ色をした月が浮かんでいたから。

ドドンッ。ドン。ドーン！

お腹に響くような音。

ボクは、浴衣姿で夜空を見上げているふたりを想った。

もしかして、月も――、

いまこの瞬間は花火を見ているのかな。

ふと、そんなことを思ったら、ボクの視線は隣の植木鉢へと移っていた。

暗がりにぼうっと浮かび上がるパンジーの「場所」には、土しかなかった。

ドンッ。ドン。ドドン！

遠い、花火の音。

久しぶりにボクは「角」が恋しくなっていた。

ぷく……。

ルイセンホウカイ――ユキ

真っ暗な部屋のなか、まるい水の真ん中でぼうっとしていたら、アパートの外階段を登ってくる足音が聞こえた。

かすかに聞こえる男女の弾んだ声。

イズミと太陽くんに違いなかった。

ボクはひらひらと尾びれを動かして、部屋の入り口の方を向き、ふたりの帰宅を待った。

鍵が開けられ、ドアが開き、そして、はっきりと会話が聞こえてきた。

「で、どんな物語なの？」

イズミの声だ。

「俺たちのことを書こうかなって」

「わたしたち？」

「うん。でも、ただそのまま書いたら面白くないから、金魚を主人公にしたらどうかなって思ってるんだよね」

「金魚って――、ユキちゃんを？」

「そう」

ボク？

しゃべりながら、ふたりが部屋に入ってくる。

イズミが照明を点けて、一気に部屋が明るくなった。

暗闇に慣れていた目が眩《くら》んで、一瞬、視界が真っ白になった。

「ユキちゃんを主人公にして、どんな物語にするの？」

「ラブレターみたいなもんかな」

「え？　誰から、誰への？」

「それは、読んでのお楽しみ」

太陽くんが悪戯っぽく目を細めたところで、ボクは明るさに目が慣れてきた。

「えー、そこまで言っておいて」

「あはは。ぜんぶ話しちゃうと、読む愉しみがなくなっちゃうからさ」

「そうだけど――。金魚が主人公って……」

「変かな？」

いつの間にか、ふたりは金魚鉢の目の前で会話をしていた。

「読んでみたい気もするけど」

「けど？」

「なんか、突飛すぎない？」

イズミがそう言った刹那――。


えっ……。


ボクの目は、太陽くんの手からぶらさがっているモノに釘付《くぎづ》けになっていた。

見覚えのある透明な袋。

小さくて、紐が付いていて、なかには水が入っていて、そして……、小さな金魚が泳いでいる――。

イズミと太陽くんの会話は、もうボクの耳には届かなくなっていた。ボクは、ただ、ただ、透明な袋のなかの金魚に心を奪われていたのだ。

その小さな金魚は、ボクと同じ琉金だった。

おたおたと不安げに尾びれを動かして、周囲を必死に見回している。自分が置かれた状況を飲み込めていないのが、見ていてよく分かる。

だって、二年前のボク自身がまさにあの状態だったのだから。

何かをしゃべりながら、太陽くんが袋を持ち上げた。

ボクのいる金魚鉢の真上――、水面すれすれのところで、袋をそっと傾けていく。

袋のなかから水がちょろちょろと流れ出し、金魚鉢のなかの水草を揺らした。

流れ込んできた水の匂いを嗅いだとき、思いがけずボクの胸はきゅっと締め付けられた。

痛いほどに懐かしくて、エラさえ止まりかけた。

その水には、ボク以外の金魚の匂いが濃密に溶けていたのだ。

そう、かつてボクは、この匂いのする水のなかで生きていたのだった。

太陽くんは、さらに袋を傾けた。

そして、いよいよその水がなくなりかけたとき、小さな赤い塊がツルリと袋のなかで滑って——、
ぽちゃん。

金魚鉢の丸い水面が、弾けた。

水草の向こうに、小さな琉金が落ちてきたのだ。

「ユキちゃん、お友達だよ」

しばらく無音だったボクの耳に、音が戻ってきた。

恵み深い、イズミの声だった。

植物ではない、お友達――。

小さな琉金は慌てたように右往左往していた。

ボクと同じく、泳ぐのには向かないひらひらの尾びれを振っているから、なかなか前に進まない。

ボクはゆっくりと近づいていった。

「あの……」

そっと声をかけてみた。心の声だ。

「えっ？」

小さな琉金が、ボクを見た。

えっ？

と思ったのは、ボクも一緒だった。だって、会話ができたのだ。二年ぶりに。心と心が通じ合う会話が。

「心配しなくて大丈夫だよ」

「え……」

「ここは安全なところだから」

「安全、なの？」

「うん」

言葉を交わしながら、ボクはこれまでに味わったことのない感情に溺れそうになっていた。

「あ、ええと、でも——」

小さな琉金は、まだ半分はパニック状態だった。

「ボクは、ここに二年前から住んでるよ」

「二年も？」

「そう。ちょうど二年。夏祭りに金魚すくいですくわれて——、ほら、いまキミのことを覗き込んでいる赤い浴衣の人がいるでしょ？」

「うん……」

「その人と一緒に、ここで暮らしてるんだよ」

「ずっと？」

「うん。ずっと」

ずっと——という言葉に、少し恐怖を覚えたようで、小さな琉金はまた少し慌てはじめた。

「大丈夫。ここはいいところだから」

「ほ、本当に？」

小さな琉金は、金魚鉢のガラスに沿って泳ぎはじめた。ボクも、その後ろについて泳ぐ。

「本当だよ。だって、ここはね――」

と言いかけて、ボクは次の言葉を見失っていた。

とても狭い世界で、逃げ込める「角」もなくて、外の世界のみんなが自由でしあわせそうに見えて泣きたくなることがあって、イズミと太陽くんがいないときは、信じられないくらいに退屈で――。

「ユキちゃん、喜んでるかな？」

頭上からイズミの声が降ってきた。

「そりゃあ喜んでるよ」

太陽くんの声。

「そうかな？」

「うん。だってさ、ユキちゃんは今日から淋しさとサヨナラできるんだから。たまに喧嘩をしたとしても、ずっと一緒にいられるって、それだけでしあわせなことじゃん？」

太陽くんが、イズミを見た。

イズミは少し火照った頬にえくぼを浮かべて「うん」と頷いた。

ボクは――、小さな琉金の横に並んで泳いだ。

そして、あらためて言った。

「ここは、安全だし、餌ももらえて、いいところだけど」

「けど？」

「ボクは……」

金魚鉢のそばから、イズミと太陽くんが離れていった。

胸が震えてしまって、言葉が出てこないボクを見て、これまでパニック気味だった小さな琉金が泳ぎを止めた。

そして、まっすぐこちらを向いた。

「ねえ、どうしたの？　大丈夫？」

小さな琉金は、イズミとよく似た温度のやわらかな声をかけてくれた。

会話が、

できる——。

気づけば、ボクは、さめざめと心で泣いていた。

そして、泣きながら、続きを口にしたのだった。

「ボクは、ずっとね」

「うん」

「ずっと」

「うん」

「淋しかった……」

サビシカッタ。

たった六文字の言葉。

どこにでもある、ありふれた感情。

でも——、

それを口にしたとたん、ボクの胸のなかには濃密な小さな泡が生じて、それが弾けた気がした。

ぷく。

そして、弾けたその振動が、ザザザザッ、と全身を駆け巡った。振動は、これまでずっとボクが鎧《よろい》のようにまとい続けてきた「目に見えない透明な鱗」を、根こそぎ剝がしてくれた気がした。

ボクの心は、一気に軽くなった。

それと同時に、感情が溢れて止まらなくなってしまった。

「泣いてるの？」

小さな琉金が、心配そうにボクの周りを泳ぐ。

「うん」

ボクは嘘をつかずに答えた。

「ええと、ワタシに、何かして欲しい？」

「ううん。何もしなくて、いいよ」

そこに居てくれさえすれば、
ただ、それだけで——。

あえて言葉にしなかったのに、小さな琉金にはボクの想いが伝わったようだった。

何も言わずにボクの横に近づいてくると、小さな琉金は同じ方を向いて、そっと小さな胸びれでボクに触れてくれたのだ。

部屋着に着替えた太陽くんが、ふたたび金魚鉢の近くにやってきた。

「ほら、仲よさそうにしてるじゃん」

「ほんと？」

イズミも近づいてきた。

「さっそく寄り添ってるよ」

「ほんとだ。なんか、手を繫《つな》いでるみたい」

ふたりは頭上からボクらを見下ろしていた。

すると、太陽くんが、ふとした感じでイズミに問いかけた。

「ユキちゃんの頭の上にある白い柄だけどさ」

「あ、うん」

「なんか、ハートの形に見えるよね」

「えっ、それ、いまごろ気づいたの？」

イズミが、太陽くんの横顔を見た。

ボクも、太陽くんを見上げた。

ハートの形？

ボクの頭の白い柄が？

「いや、ちょっと前から思ってたんだけど」

「ほんとに?」

からかうように、イズミが言う。

「ほんとだって」

太陽くんが苦笑する。

「わたしね」そこでイズミは太陽くんから視線をはがして、ボクを見下ろした。「ユキちゃんの頭に、この白いハートがあるのに気づいたとき、運命を感じちゃったんだ」

「なんで?」

「うーん……」少しだけ、イズミは思案してから答えた。「運命というか、親近感かも」

「どうしてハートの形だと、親近感がわくの?」

その答えは、ボクには分かっていた。

分からない太陽くんは鈍感すぎる。ボクは少しじれったいような気持ちにさせられたけれど、イズミはあっさりその質問をかわしたのだった。

「なんだろうね。なんとなく、かな」

「なんとなく?」

「うん。なんとなく」

ボクの頭の上にある白い柄は——、
いじめの原因となった白い柄は——、
ハートの形をしていた。

イズミの「秘密」と同じ形だったなんて……。

ボクは、そっと寄り添ってくれている小さな琉金の胸びれのやわらかさを感じながら、ふと思った。

自分のことを分からせてくれるのは、いつだって周囲の誰かなのだと。

頭の柄を教えてくれたのは太陽くん。黒猫がボクのことを見ていなかったということを教えてくれたのはチーコ。ボクが、本当は死ぬほど淋しかったのだと気づかせてくれたのは——。

「イズミ、この金魚の名前、どうする？」

言いながら、太陽くんは餌を入れてくれた。

「わたし、じつは、もう考えてたんだ」

「え、なに？」

「ハル、がいいなって」

「ハル？」

ハル？

「うん」

「どうして、ハルなの？」

「それはね」イズミは、少し屈《かが》んで金魚鉢の横からボクらを覗き込んだ。「ユキの降る季節の次にやってきた金魚だから、ハル」

「なるほど。季節の春のイメージね」

「そう。雪の次は、春」

「いいね。ハルって、なんかいい気がする」

「よかった。じゃあ、決定でいい？」

「もちろん。イズミがすくってきた金魚だし」


ハル。


「ねえ、キミの名前は、ハルだって」

「ハル――」


小さな琉金に、名前が付けられた。

ボクと、イズミと、太陽くんと――、ハルは関係性を持った。

つながったのだ。


「ユキちゃんとハル、餌、食べないね……」

ちょっと心配そうにイズミがつぶやいた。

「環境が急に変わったから、不安なのかな」

「そうかもね」

「でも大丈夫だよ。先輩のユキちゃんがいるからさ」

「ユキちゃん、ハルをよろしくね」

イズミが、ボクに話しかけてきた。

ボクはゆっくりと「イエス」をしてみせた。

「ワタシが、ハル？」

「うん。キミは、ハル。とても素敵な名前だと思うよ」

いつの間にか、ボクの感情は落ち着いていた。

ハルも、パニックから解放されていた。

「ねえ、ハル」

「え？」

「餌を食べようか」

「餌……」

「イズミが心配そうな顔をしてるから」

「うん……」

ボクはゆっくりと水面へと泳ぎだした。おっかなびっくり、といった様子で、ハルもそれに続いた。

誰かと一緒に食べる餌――。

「ハル、美味しい?」

食べながらボクは訊いた。するとハルは少し困ったような声で返事をしたのだった。

「なんか……、変な味」

ハルの正直な言葉に、ボクはくすっと笑った。

「だよね。分かる」

でもね、すぐに慣れるよ。この味と、この水に。

それって、あきらめでもあるけれど、しあわせでもあるんだよ。

「ほんと、不味いよね、ハル」

「うん……」

ボクのお腹は減っていたけれど、それより胸がいっぱいすぎて、ため息がこぼれてしまった。

ぷく。

○○○

ボクたちが餌を食べているときに、太陽くんは冷蔵庫からケーキを取り出してきて、それをこたつテーブルの上にそっと置いた。

「え、なに、ケーキがあるの？」

イズミが嬉しそうに破顔する。

「うん。こっそり買っておいたんだ」

「えー、こんなデザートが待ってるなら、お祭りの最後にチョコバナナ食べなければよかった」

「え……、もしかして、もう食べられない？」

太陽くんが、ちょっと不安げな顔をしたけれど、イズミはにこりと笑い返した。

「ううん。別腹に入る」

「あははは。よかった。たぶんね、これ、一生忘れられないくらい美味しいケーキだと思うよ」

「そんなに？」

しゃべりながら太陽くんはケーキの箱を動かして、イズミに正面を向けた。そして、とても丁寧に箱の蓋を開けた。

「わあ、美味しそ……」

ケーキを見て破顔しかけていたイズミが固まった。

ボクも、金魚鉢のなかから、そのケーキを見た。

丸いホールケーキの中央にチョコレートで作られた小さな箱がひとつ。

その箱の蓋には、白い文字が書かれていた。

Marry Me

「イズミ、チョコの箱の蓋、取ってみて」

太陽くんが、固まったままのイズミに声をかけた。

「え……」

イズミは、その蓋に震える指をかけた。

そして、蓋を開けた。

「うそ……」

えへへ、と照れ臭そうに笑った太陽くんは、あらためてきちんと座り直した。そして、とても誠実な目でまっすぐにイズミを見詰めた。

「ひとりより、一緒の方がいいなって思って」

イズミの左右の瞳が揺れ出した。

「イズミ、俺と、ずっと一緒にいよう」

イズミは、手にしていたチョコレートの蓋をケーキの横に立てかけた。そして、

「うん。一緒に、いたい……」と頷いて顔を歪めた。

しあわせな、泣き笑い。

太陽くんはホッとした顔で立ち上がると、イズミに近寄っていった。そして、背後からぎゅっと抱きしめた。

「はあ、よかったぁ……」

魂ごと抜けてしまいそうなため息をついた太陽くんは、イズミの頰に自分の頰をくっつけた。

イズミは顔をくしゃくしゃにして泣いた。

それから太陽くんは、チョコレートの箱のなかから指輪を取り出して、イズミの薬指にはめてあげた。

その間も、涙腺のゆるいイズミは、ずっと泣きっぱなしだった。

そんなふたりを眺めながら、ボクが、

「ねえ、ハル？」

と心で呼びかけると、

「なあに？」

と心の返事が届いた。

ただ、それだけのささやかな会話に、ボクは胸がじんじんと温《ぬく》もってしまう。

「あのふたりに、春がきたんだよ」

「春？」

「そう。春はね、桜が咲いて、世界が華やかになるんだ。ほら、この窓の外を見てごらん」

ボクとハルは、並んで外を見た。

真夏の夜空に、ぽっかりと月が浮かんでいた。

その月明かりが、黒猫の家の桜の樹をやわらかく照らしていた。

「あの大きな樹がね――」

ボクの言葉に、

「うん」

と、ハルが応えてくれる。

ずっと、ひとりぼっちだったボクのまんまるな世界にも、ひと足遅れの「春」が訪れていた。

この先、たくさんの仕事を一緒にするはずだった、映画プロデューサーの前田紘孝さん。そして、ぼくがデビューした頃から、ずっとずっと応援してくださった書店員の白倉太陽さん。若くして星になってしまった大好きな二人の友に、この物語を「前田太陽」というキャラクターとともに捧げます。

森沢明夫

解説

めしょん

「欠点」こそが、ボクそのもの——。
そう信じ込んでいた。

この物語の序盤で出てくる、主人公を象徴するようなこの言葉は、読んでいるときと、読み終わったあとでは、捉えかたが正反対になるように作られていると思う。

私たちは、多かれ少なかれ、誰もがなにかしらの欠点を持っていて、それを恨んだり、隠したり、引き出しの奥にしまい込んだりするんだけど、この作品を読んでいると、否定するんじゃなく受け入れることで、欠点は、欠かせない点になっていくんだなぁ。と愛おしく感じるようになる。

欠点を「嫌い」という感情で見ているときはずっと過去に縛られて生きてしまうけれど、イズミと太陽さんが胸の痣をやさしく受け入れて前に進んだみたいに、ユキちゃんとイズミが独特の模様をあたたかく受け入れて前に進んだみたいに、欠点は受け入れることで、今を生きることができるようになる。

「欠点」さえ隠せば、彼らはボクを見つけられない――。

自分の欠点を嫌って、自分の欠点を隠して、見つからないようにひっそりと生きていた主人公を見て、いつかの自分と重ねた人も多いことだろう。

少なくとも、私はその一人だった。

だけど、主人公は誰にも見つからないようにと、隠し続けていた欠点があったおかげで、後に大好きになるイズミに見つけてもらえる。

「この子、可愛《かわい》い」

「頭が白いから、すぐわかる」

「この子がいい」

欠点が大嫌いだったのに、欠点を隠していたのに――、イズミはその欠点を気に入って、欠点を目印に自分を見つけてくれた。

そして――、欠点が名前になった。

「欠点」こそが、ボクそのものになったのだ。

もし、ユキちゃんに欠点がなにもなかったら――。

二人はお互いの存在に気付くこともなく、露店から漏れてくる焦がし醤油《しょうゆ》とソースの混じり合った香りの中、なにもなかったように、ゆっくりとすれ違っていたのだろう。

欠点がなければ、物語さえ始まらないのかもしれない。

そんなことを考えながら、自分の欠点だと思っているものに目を向けてみると、もしかしたら、その欠点のおかげで、誰かと出会うことができたり、仲良くなることができたり、好きになってもらえたりしているのかと思う。

もっと言えば、欠点と同じように、明らかにマイナスに見える出来事さえも、それがなかったら生まれていない出会いと物語が必ずあるのだと思う。

悩みが、人と人を繋《つな》げるように。

私がこの作品を生み出してくれた森沢さんと出会ったときも、そうだった。私にとって明らかにマイナスに見える出来事が起きたときのこと、私はどうしたものかと空を見上げていたら、ピンチをむかえた人に駆けつけるヒーローのように森沢さんがやってきたのだ。

森沢さんの作品をたくさん読まれているかたは、きっと森沢さんが生み出す〈やさしい世界〉が大好きなのだと思う。

どの作品を読んでも、心がやさしい気持ちで満たされる。「あぁ、なんてやさしい世界を味わったのだろう」と、どれだけ心が冷たくなっていても、真冬のポタージュスープみたいに、心がぽかぽかするような。

私の前に現れた森沢さんは、まさにその『やさしい世界』の住人で、「僕も同じ経験をしたよ」「こうしたら前に進めるかもしれないよ」「大丈夫だよ」と私の背中を押してくれたのだった。

もし、その出来事がなかったら、私の中での大切な宝物のような一つの物語は、生まれていなかったと思う。

だって、森沢さんはその出来事を目印に、私を見つけてくれたから。

欠点を目印に、イズミがユキちゃんを見つけたみたいに。

そう思うと、涙が出るような出来事が起こっても、それはマイナスな出来事じゃなくて、いつもと違う出来事なだけ。

欠点だと思い込んでいる部分があっても、それは欠けた点じゃなくて、誰かと違うだけの欠かせない点なのだ。

「違い」と「嫌い」はイコールじゃないから。

そんな嫌な出来事や欠点は、見つけやすい「しるし」となって、私たちを新しい物語へと導いてくれる。

『ぷくぷく』というやさしい物語は、そんなことを教えてくれた。

森沢さんのファンにとって特に胸が熱くなったのは、チーコが登場したところだろう。

『ぷくぷく』を読み終わり、『やさしい世界』の余韻に浸る中、我慢しきれずに『ミーコの宝箱』（二〇一六年、光文社文庫）の世界に潜っていった人も多いと思う。もれなく私も、チーコという魅力的なキャラクターと彼女の言葉に、心を鷲摑《わしづか》みにされたが、そのなかでも、「なんてやさしくてオシャレな演出なのだろう」と感じるシーンがある。

誰にも見せることができなくて、そのせいで恋愛にも臆病になって、長年彼女を苦しめてきた胸の痣。

「まずは、月に見せてあげようよ」とイズミそのものの姿を、月に見てもらうシーン。

このシーンは美しすぎて何度も何度も読み返すことになった。

誰にも見られたくないイズミの胸の痣。太陽さんにも、見せることができない胸の痣。

それを、太陽の光だと眩《まぶ》しすぎるから、イズミの心が溶けてしまわぬように、

「まずは、月に見せてあげようよ」

と暗闇の中で、月が放つやさしい光だけで照らしていく。

「大丈夫だよ」

という言葉を伝えるために、こんなにもイズミを思う形で表現するチーコを好きになれないわけがない。

誰かを大切に思うことは、こんなにも美しいことなのだなと感じさせてもらった。


主人公のユキちゃんが最後まで、イズミと意思の疎通を試みる健気《けなげ》な姿には、思わず涙が溢《あふ》れてくる。

言葉が伝わらない。すぐそばにいるのに触れることもできない。

その中で何度も「イエス」と、頷《うなず》いてみせる。

ほんのわずかだけど、イズミに思いが伝わり始める。

誰もいない中で、退屈に埋もれるひとりぼっちの淋《さび》しさと、大勢の中でポツンと存在する孤独感。どちらも違った形で淋しくて、心がチクチクするけれど、そのどちらも経験してきたユキちゃんが、最後は、そのどちらでもないハルを迎える。

言葉を交わすことができる。喧嘩をすることができる。触れ合うことができる。「綺麗だね」「おいしいね」「変な味だね」と想《おも》いを分け合うことができる。ただ……そばにいる。

それはどんなことよりも、奇跡的で、幸せなことなんだと思う。

物語は、ぷくぷくの「。」が、ぷくっ――とゆらゆら水面に浮かびあがり、弾《はじ》けて「ふくふく」と幸せに終わっていく。

物語の中でも何度もでてきたように、誰もが欠点や、苦い記憶や、自分の嫌いなところを抱えて生きている。

そして、どんな生きかたをしようと、これからも、嫌な出来事は必ずやってくる。どの角度から見ても、マイナスにしか見えない出来事やハプニングもやってくる。

でも、それはきっと「しるし」なのだと思う。

これから出会う大切な人が、あなたを見つけるための、なくてはならない「しるし」なのだ。

だから誰かが、それで頭を悩ませていたら「素敵なあなただけのしるしだね」と伝えようと思う。

「傷ついたんじゃなく、磨かれたんだね」と伝えようと思う。

イズミがユキちゃんに、チーコがイズミにそうしたように。

この物語に触れたあなたのこころは何色に変わるのだろう?

赤だったらいいな、と私は思う。

きっとそうだろうな。と勝手に想像している。

だってだって――。

あなたは奇跡と幸せの中で生きているから。

（めしょん／ブロガー・作家）

本書のプロフィール

本書は、二〇一九年に小学館より刊行された同名の単行本を改稿し解説を加えて文庫化した作品です。

小学館文庫

ぷくぷく

著者　森沢明夫《もりさわあきお》

二〇二二年一月十二日　初版第一刷発行

発行人　石川和男
発行所　株式会社 小学館
〒一〇一-八〇〇一
東京都千代田区一ツ橋二-三-一
電話　編集〇三-三二三〇-五一三八
　　　販売〇三-五二八一-三五五五
印刷所――大日本印刷株式会社

この文庫の詳しい内容はインターネットで24時間ご覧になれます。
小学館公式ホームページ　https://www.shogakukan.co.jp

ISBN978-4-09-407107-8